屠锡淙 著

九州出版社
JIUZHOUPRESS

**图书在版编目(CIP)数据**

丁洋微语 / 屠锡淙著. -- 北京 : 九州出版社，2022.5

ISBN 978-7-5225-0912-9

Ⅰ. ①丁… Ⅱ. ①屠… Ⅲ. ①散文集－中国－当代 Ⅳ. ①I267

中国版本图书馆CIP数据核字(2022)第069161号

**丁洋微语**

作　　者　屠锡淙　著
责任编辑　姬登杰
出版发行　九州出版社
地　　址　北京市西城区阜外大街甲35号(100037)
发行电话　(010)68992190/3/5/6
网　　址　www.jiuzhoupress.com
印　　刷　杭州万星印务有限公司
开　　本　710毫米×1000毫米　16开
印　　张　16.25
字　　数　170千字
版　　次　2022年5月第1版
印　　次　2022年5月第1次印刷
书　　号　ISBN 978-7-5225-0912-9
定　　价　48.00元

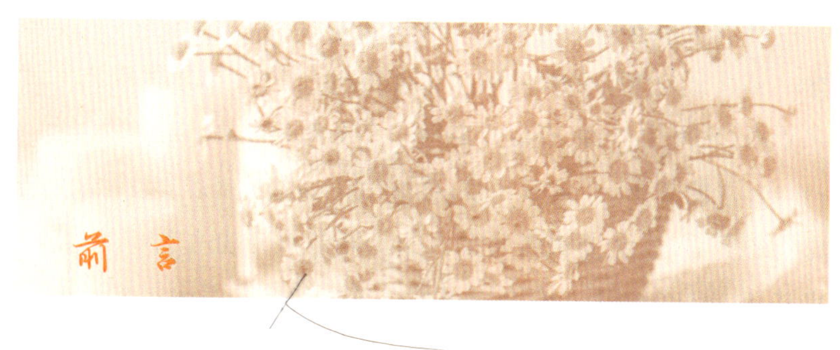

# 前 言

梦想，是人生的航标，是理想的翅膀，是美好的人生憧憬。人拥有梦想，才会拥有未来。人生若是没有梦想就如飞机失去了航向、轮船失去了灯塔一样，生活也就一片茫然。碌碌无为是庸人，奋发图强才是智者。但是，人生很复杂，却又简单。人生阅历、哲学思想和经验见识决定人生成就。古今中外的成功人士无一不是人生智慧的实践者。人，即使已到暮年才领悟透了人生的大道理，依然不晚。所谓朝闻道，夕死可矣！因此，我们要调整自己，激励自己，改变自己，提升自己。

人生境界其实也就是指人生的态度、追求、取予等，和人生观有着一定的关联，所不同的是，人生观的衡量以正确与否来区别，人生境界则以高低来区分。这些看似简单的人生哲理实际上是一种积累的过程，是多种人生经历的沉淀和总结。它根植于宽广的胸襟、成熟于沉淀的智慧。

生命就像攀登高峰，经历荆棘坎坷到达顶峰，领略“一览众山小”的壮美，然后勇敢地继续前行。世人熙熙攘攘，我们都在经历过往的人生世事。当生命的轨迹记录下了流澜虹霓的绚烂、黯然伤神的悲戚，我们才拥有了对人生的理解和把握。

生活不是在逢场作戏、走马看花，而是去仔细聆听、耐心品味。当我们知道了这些既烦琐又简单的人生哲理，就可以把它消化于内，运用于外，把生活升华到一个全新的境界。

人即使变老，也并不可怕，可怕的是心也随着容颜变老，自己变得不是自己，才是最可怕的。老人也可以活出自己的风格，活出潇洒。人的容貌自然会变老，但不变的是气质和风度。一个人的魅力，就像陈年的佳酿，随着岁月沉淀越发香醇和耐人寻味。一个人的内涵和素养是没有年龄界限的，相反它还需要年龄的积淀。风骨是最高级的名片。虽然人生的长度是有限的，但是人生的宽度是无限的。在浮躁的社会里，不随波逐流，坚持自我，活出人生的高贵和从容。

本书作者步入暮年后，以五年多的时间回顾人生经历，对人生真谛有了一些片断的、零散的感悟，期望能为广大读者提供对人生另一个层面的解读和启迪，鼓励读者在以后的人生道路中爱得博大深沉，活得充满激情，充满信心去追求梦想。书中所言不当之处，请予指正。

# 目录

001
哲思篇

035
管理篇

079
教育篇

093
人生篇

151
成长篇

189
社会篇

241
诗词篇

# 哲思篇

## 【境由心造】

“相由心生，境由心造。”一个人在心态好的时候，他的思考是正面的，他的行为是精进的，他的表达是正确的，此时即正思维、正见解、正语言、正能量。不怕念起，就怕觉迟。若有人当面指出你的错误，纠正你的错误，是在指望你进步向前，实是贵人相助。反之，受人批评，就满怀愤怒，朋友就渐渐地离你而去。以德报怨，是一个人的境界。君子敬而不失，要做大事先学做人。不愿意为别人喝彩是嫉妒的开始，不懂得欣赏别人的人得不到别人的欣赏，不愿意支持别人的人也同样得不到别人的支持。树立正确“三观”，自己心境方可得到改造。

## 【审时度势】

我们对一切事物都应该要全面地、客观地分析，要有积极的人生态度，用唯物辩证的眼光对待事物，审时度势，多往乐观的方面想，那么，思维方式也就会变得积极而主动。人生的命运实际上是掌握在你自己的手里。

## 【信任与珍惜】

人，是社会的细胞。人与人之间最舒服、最长久的关系，莫过于彼此之间的相互信任、相互尊重、相互理解和包容。年龄越大，越明白，信任来之不易。互相信任，情才长久。言而无信，不知其可也！人与人之间若失去了信任，社会将是一个冷冰冰的社会。能够维系情意和信任的，乃是双方之间的真诚付出。所谓欲先取之,必先予之。只有披肝沥胆,互利互惠,相互绝对信任,感情才能更稳更浓,激发出更多可能。友情如此,爱情亦然。这世上真情难求,能有一段长久的情谊,极为难得,得到了要珍惜。只有站得正,才能携手同行,走得更远!

## 【强大是需要播种的】

弱者抱怨,强者自省。这是强者的座右铭。生活中,不懂得反思的人,怨天尤人,就永远都不会有进步。一个经常反省自己的人,总会看到自己的局限和不足,会以最快的速度及时调整方向,少走弯路。日拱一卒无有尽,功不唐捐终入海。只要坚持时时反省自己,哪怕一天进步一点点,总也比倒退强。人生一辈子最大的敌人,其实不是别人,而是自己。没有自省,就不可能超越,更不会有成功的可能。一个强大的人,一定早早地开始自省,看清自己,自我解剖,这样才能站得更高,看得更远。人生在世不称意的事时有发生,但面对的无非只有两个课题:外部环境和自己内心。在现实生活中,我们无法决定外部事物,但总可以从自身做起。"山不过来,我自过去。"这不仅是一种胸怀,更是智慧。有了自我反省、自我解剖的思维,那么,你在此时就已经开始优于过去的你,内心也种下了强大的种子。

## 【修养】

虚荣之人,总是喜欢伪装,把自己拔高,但无法佯装有修养。修养是一个人从骨子里散发出来的气质,藏不住也装不来。修养也恰恰是一个人立足于社会的根基,越巩固越好。从一个人对待别人的态度，能看出他的真实修养。《孟子》云："爱人者，人恒爱之；敬人者，人恒敬之。"现代的说法就是人与人之间，尊重永远是相互的。尤其对父母要敬爱，时时都能做到和颜悦色，那么，就足以证明你具有良好的修养。现实生活中，如果蒙受了莫大的委屈，却还能和颜悦色对人，乃是一个人最好的修养。

## 【口才的适用】

林中鸟一般要比笼中鸟善鸣，因为林子里面鸟多，群鸟可以互相观摩，更让善鸣者自鸣得意；笼中鸟孤陋寡闻，难以有大长进。人亦然。当说话的功夫有了长进后，往往忘乎所以，喜欢宣泄其一得之乐，自以为是，为说话而说话，于是脱离了实际，不计后果。利口轻试，不仅伤害了朋友，也害了自己。在工作中、生活上有必要增强语言表达能力，但口才的利用要适度。

## 【时间管理】

生活皆有自己的运行轨迹。极强的时间管理和利用能力是一个人成功的重要因素。成功者和失败者的区别就在于怎样合理安排好自己的时间。从表面上看，几分钟、几小时、几天似乎看不出有多大的影响，但是如果养成了拖拉习惯，就会失去战机，进步与落后的距离也就会越拉越远。除了对时间进行有效管理外，还需要在有限的时间里艺术地运用，搞清楚先做哪件事，要比做了多少事更为重要。分得清轻重缓急，是提高效率的正确逻辑思维。学习精简目标，把精力和时间放在最重要的事情上，处理最有价值的任务，这样的思维成了习惯，就会思路清晰，就会非常有条理地先处理重要的事情。

【看淡与想开】

这个世界，为什么有人活得很累、很压抑，有人活得潇洒、轻松？其实，累并不是外界给你多少压力，而大都是自己造成的。与其这么累而挣扎，还不如向潇洒的人学习，凡事看开、看淡、想开，不要给自己造成无意识的负担。在这个世界里，很多事情都是人生常态，并不是你想的都能解决。应当面对现实，凡事都要依照客观规律和自然规律进行。否则，一味地纠结于那些无法改变的事情，就会越陷越深，迷失自我。只有控制自己的情绪和思想，学会适应环境，把自己的心里清理干净，阳光才会照进你的心房，此时的你也就自然不会觉得累了。

## 【心境决定命运】

一个人心境的好坏可以决定命运，生活态度可以决定层次和处境，心的转向影响人生方向，所以，控制心境才能控制人生，经营人生。心是你的世界主导者，因此，一定要管好自己的心，才能让你过好一生。抱怨生活，不如经营生活。一个人的心里藏着生活的模式，释放出喜怒哀乐。顺境或逆境都得要过下去，人生就是每天都在迎接无尽的斗争。大才子苏东坡落魄时也没有被击倒。最好的心境是无怨无悔，活在当下，且行且珍惜！

## 【不学愚公移山】

现在为了改造道路或城市环境，移走山的思维已经不适用了。如今多少高铁和高速公路需要经过一座山时，都是钻山而建成隧道的。事物都在不断变化，如果一个人的思维不与时俱进，时间久了就会陷入僵化，所以要顺时而变，不当愚公。

## 【天道酬勤，春华秋实】

积极进取，乃是人生态度；而改变命运，乃是人生结果。《周易》有云："天行健，君子以自强不息。地势坤，君子以厚德载物。"人生不仅要自强，而且还要厚德。真正能够让你走得更远的，是自律、积极和勤奋。天道酬勤，春华秋实。如此浅近的思想为什么经久不衰，值得思考。这个世界，没有人能够随随便便成功，皆靠自己的勤奋努力而有所成就。

## 【心态与健康】

人若心态不好,所有的养生方法都不管用。因为人体疾病是慢慢积累成的。健康的主动权更多的是掌握在自己手中。所以,有一个健康而开朗的心态,比一百种智慧更具力量。良好心态才是我们保持健康的基础。

## 【面子与里子】

鲁迅先生说:“中国精神的纲领就是面子。”又有《一代宗师》指出人活在世上,有的活成了面子,有的活成了里子。殊不知,只有具备了优质的里子,才能赢得真正的面子,多学一件本事,就可以少说一句求人的话。所以,真正有能力的人是不虚爱面子的。学会放下不必要的面子时,生活一定会舒坦而精彩!

## 【和优秀的人在一起】

一个人能活成什么样的结局,是由自己的思想、眼界和见识决定的。选择与什么样的人在一起、处在什么样的环境,会影响我们的眼光和格局。多与很强的东西、可怕的东西、水平很高的东西碰撞,然后才知道自己是什么样子。在狭小、封闭的环境里待久了,人的思想就会停止流动。而与优秀的人在一起,他能打破你的固执与保守,成为引领你前进的一束光芒。如果说这个世界上成功有捷径的话,那就是深耕自己,把自己变强。为什么世界著名数学家华罗庚一贯主张“弄斧必到班门”? 乃是为提升自己的魄力。路,要和优秀的人一起走。

## 【忍与反思】

忍，乃是中庸之道的一个典型策略。但是现代社会，凡事皆忍，却是逃避的一种外在而怯懦的表现。这样的处世态度恰是反映了既缺乏解决问题的能力，也没有解决问题的决心。当然，倘若只有高远的理想却没有务实的目标，再远大的理想也只能是你刷刷“成就感”的借口。可见，好高骛远也不是解决问题的态度，而是缺乏格局的表现。真正要解决问题，首先要考虑的是活好当下，面对现实。无论是解决当下的困境，还是人生道路上的难题，都要进行深度思考，而不是靠忍能够过关的。中国人民抗日战争的胜利不是靠忍出来的，而是打出来的。所以，在现实生活中，我们最好是通过心里分析问题，手上解决问题，不要抱怨客观存在为什么都是难题。如果不懂得反思，光靠忍，只是在浪费时间，虚度光阴。

## 【挫折不等于失败】

失败了，可以重新开始。任何时候，只要懂得重新开始，一切都还不晚。但很多人还是害怕重新开始，殊不知，放弃了就什么都没有了。生活需要主动去创造，只要保持重新开始的想法和勇气，生活就是有希望的。生活中，如果你让过去定义你的现在，只迷恋过去的曾经，经不起一次失败的挫折，你就永远不会真正得到你想要的生活。因此，不要看重一次的失败，要舍得放手而不是放弃，要懂得重新开始的要义，寻求契机，鼓起勇气，重新拼搏，就有成功的希望。

## 【忠言的价值】

人是有虚荣心的，喜欢批评别人而不喜欢被别人批评。因为批评总是针对你的缺点、不足、短处或过于自信，一些不愉快的经历被人指出总是令人扫兴的。对真正想进步的人，那就不一样了，因为他深知忠言包含的感情和重要性。

## 【思维的改变】

这个世界上有两种人：索取者和给予者。前者也许能吃得更好，但后者绝对能睡得更香。环境不会改变，但是我们可以改变自己。世上事往往事与愿违，但是切勿对挫折沮丧、叹气，把一切看成是在你成事之前所要经受的磨砺。若要想让事情变得更好，先让自己变得更好。伟人之所以伟大，是因为他与别人共处逆境时，别人失去了信心即退出，而他却下定决心继续前行，实现自己的目标。

## 【读懂自己】

人生要读懂自己。即使这个世界与我为敌，只要心还清明，就还能折射希望。所以，一旦读懂了就无所畏惧了，因为自己知道努力的意义在哪里，别人的攻击或贬低都不重要。你的世界，就应该按照你的想法去活，只要有底线就行。一个人的世界可以是美好的，但同时也会是孤独与寂寞的，因此，前者要做的是如何去搭建优质朋友圈；后者要做的是怎样进一步读懂自己，找出人无我有的潜能。

## 【聪明需要努力相结合】

这个世界上努力的人很多，聪明的人也不少，但只有将聪明和努力结合起来，才能让我们获得成功。勤奋是必需的，但要有胸怀和智慧。把一件事情重复做上一百遍只能让你熟练，而不等于让你成功。只有当你在做的过程中不断思考，吸取教训，不断改进，所总结出来的东西，才是经验，才能正确地推动你走向成功。想要走得远，首先要看得远；想要看得远，首先要站得高，让自己变得有思想，有视野，心胸宽广，眼光敏锐。唯有思想领先了，眼光敏锐了，再加上毅力和行动，才能一步步接近成功。

## 【人品是一个人的最高学历】

一个人的能力固然重要，可有一样东西比能力更重要，那就是人品。因为能力通过学习，通过进修，可以获得和提高，而人品的核心在于责任和担当，责任的核心根植于骨子里，发挥在良心上，难以学习，但可以修行提高。人品是一个人真正的最高学历，是一个人能力得以施展的基础，是当今社会稀缺而珍贵的品质标签。没有人品单有能力，人将残缺不全，因为尽管你有很强的能力，若是得不到支持，也就不会有很大的成就。一个人的人品可以决定态度，由态度决定行为，由行为决定最后的结果。

## 【意识与自我实现】

人的意识和行为的相互促进是实现目标的驱动力。当你认为一个目标自己可以实现时，这个目标就可能会实现。所以，目标意识有助于人们将自己的内心诉求正确、合理地转化为现实的行为，是激发积极情绪的驱动力。人们通过树立自我意识并完成目标，强化“自我实现”，使自我意识所产生的行为更加合理、正确，更加积极、高效。

## 【利益与人品】

要做事先学会做人，乃放之四海而皆准的哲理，也似乎是人人都懂的道理。但是，当你面临利益冲突，特别是在你的利益受损时，你的反应最能体现出你的人品。人在利益诱惑面前，能够做到不为所动，保持初心，那是需要长期修炼，需要内心豁达、品行端正，顾全大局。人品的好坏决定你一生的成败，人生到最后，其实拼的就是人品。

## 【成功靠勇气】

成功，不是击败别人，而是改变自己。然而，在职场中，若领导觉得你已经可有可无了，那么，你被踢开的日子也就不远了。因为对一个不愿付出又不愿冒风险的人，这样的结局也就是再自然不过的事。在现实生活中，在相同的环境里人们的思维方式不同，都是正常的，但若始终走不出阴霾，自以为是，一味走别人的路，必将会堵死自己的路。鲁迅先生曾说："世界上本没有路，因为走的人多了，就变成了路。"哲思乎?！你若连追求自己喜欢的事与人的勇气都没有，那么，你注定是个失败者。

## 【人格魅力的重要性】

工作中努力拼搏是一种认真负责的态度，也是非常必要的，但要想使自己成为被拥戴的人物，光靠努力和吃苦的精神是不够的。应当学会培植自己的人格魅力，使自己具备领导精英的特质。创造了个人魅力，那么，你的人生就成功了一半。

## 【低调慎言】

为什么层次越高的人，总是轻声细语或者缄默如深，少言寡语？我们不妨做个实验：当你往热水瓶里注水时，往往瓶内的水越少，听到的声响就会越大，而水越来越满，接近瓶口即将注满时，瓶子反而越加沉稳，变得不声不响了。人的思想层次也有如

“注水”，越是思想空虚，越是聒噪；越是充实的人，越是严谨发声。在现实生活中，一个人的沉稳，反应出他的文化底蕴和思想境界，表现在为人处世中。我们不妨去观察一下麦田，当麦穗长出后，慢慢地成熟起来，越成熟越弯腰，如上述的“注水”，有异曲同工之妙！

## 【对联的哲思】

杭州灵隐寺二门挂着一副对联，上云：“人生哪能多如意，万事只求半称心。”此联语言简朴无华，却写尽了人生哲思。佛经皆是劝善理论，叫世人知足莫贪。知足是一种活在人世的态度，常乐是一种豁达释然的情怀。乐山，山似画；观水，水无边。如是，则平安走天涯，从容度人生！

## 【赢家】

人一生短暂，生命无常，要活在当下，用心爱，不要伪装。珍惜身边的人和事，做好该做的。生活中，跟人争，你赢了，感情却淡了，所以不管跟谁争，争赢了，最后也是输。不如跟自己争，把自己做大做强，才是真正赢家。

## 【吃不饱也要看到前方的路】

在粮食困难时期，人没吃饱，只有一个烦恼；如今人吃饱了，却有了无数烦恼。人生最重要的从来不是你拥有了多少，而是你的心灵是否满足。生活中，别和往事过不去，因为它已经过去了；别和现实过不去，因为你还要继续过下去。换一种心境你就会明白：逝者不可追，来者犹可待。若一味地沉迷于过去的阴影里，永远都看不清前面的路。应当集中思想，走向未来，成功就离你越来越近。

## 【尊重别人就是尊重自己】

生活中，看人就像看镜子，所看到的都是自己。你怎么看世界，世界就怎么看你。你如何看待别人，折射出的都是你自己的修为。层次越高就越懂得尊重别人。别人尊重你，往往是因为别人优秀，而不见得是你自己有多优秀。无论你地位多高，都不要自命不凡。纵使你地位很高，也要懂得尊重别人。尊重是一种心胸豁达的谦逊，无论在什么场合，保持敬畏心，对人的尊重就自然而生。尊重别人就是尊重自己。

## 【骄傲与自信的区别】

虚心竹有低头叶，傲骨梅无仰面花。《梁启超传》有云："自信与骄傲不同，自信者常沉着冷静，而骄傲者则流于浮夸。"在现实生活中，陶醉于自我优越感，由人吹捧满足自己的人，其路往往越走越窄，最后可能会陷入僵局。聪明人懂得藏拙，低调、谦虚，愿意把成绩放在一边，等时机成熟后一举突破。生活中，适当放低身段，并非无能，也不是懦弱，而是一种气度、一种智慧、一种自信。

## 【低调的价值】

《中庸》有云："地低成海，人低成王。圣者无名，大者无形。

鹰立如睡,虎行似病。”强者总是低调,而弱者却喜欢炫耀。殊不知,山从不炫耀自己的高度,却能耸立云端;海从不炫耀自己的深度,却能容纳百川;地从不炫耀自己的厚度,却没人能取代它万物之本的地位。在现实生活中,真正厉害的人,往往贵而不显,华而不炫,才高而不自诩,位高却不自傲。电视人物纪录片《时代·我》介绍杂交水稻之父袁隆平,用他的研究成果养活了世界20%的人口,贡献有多大!但他心胸之豁达,行为之低调,令世人敬仰!

## 【心态与世界】

生活中,只要你心里有阳光,雨天也会有浪漫;心里下着雨,晴天也会有阴影。你若拥有强大的内心,就不是由生活左右你,而是由你自己在主动驾驭生活。心态是心灵的窗口,心态会决定我们看到怎样的世界。

## 【快乐是可以由人创造的】

为什么有智慧的人总会表现出豁达大度,小有才气的人总爱为小是非寸步不让?一个人快乐,不是他拥有得多,而是他计较得少。人生因付出而快乐,幸福因分享而增值。因此,快乐与幸福都要与人分享,否则,你的内心就会变成一潭死水,水流只进不出,没有了新陈代谢,最终你的心灵也会荒芜。生活中,须知获得是一种满足,给予是一种快乐,学会给予,才能收获幸福;懂得付出,才有更多的回报。想通了,也就不会计较。

## 【人生是需要挑战的】

人生心态有如交通枢纽，切不可小觑！如果你是蚂蚁心态，最小的石子都会是障碍；如果你是雄鹰心态，最高的珠峰也敢尝试。有高度的人，并不是没有困难，只是他所看到的是下一步的下一步，并且要把复杂的问题简单化。我们每天要做的是提升自己的高度和深度，而不是每天在那里讲述自己过去的成绩和障碍。心小者，任何小事都是大事；心大者，则任何大事都是小事。所以，人生道路就是一场自我挑战，提升格局才能绽放人生。

## 【小草与大树】

欲成大树，就勿与草比高。从短期看，和树相比，一定是草的长势明显。但草由枯萎到明年春天长芽，又到冬天枯萎，如此往复循环，仍然是一棵小草；而树不一样，它可以一年一年地茁壮成长。做人、做事，重要的不是一时之快慢，而是靠持久的发力。真正的强者只会与厉害的对手较量，而不是同弱者比高下。越是自强的人，越不会妒忌别人，只有努力充实自己，才能走得更远。树乎？草乎？皆由自己选择。

## 【心胸可以被委屈撑大】

进取，尤要学会适应一切逆境所带来的不适，因为逆境是成功的阶梯，痛苦和委屈也是人生宝贵的经历。一个人的心胸和格局往往是被痛苦和委屈撑大的。在现实生活中，人总是会有不如意时，应以宽容的肚量去包容一切不如意的境遇，利用它给自己创造一个迂回的空间，学会思索、学会等待，学会调整。生活，有些时候，需要的不仅仅是执着，也需要面对委屈回眸一笑的洒脱，如此，方可走向诗和远方！

## 【成功离不开努力】

不要总在矫情中虚度光阴。人生没有那么复杂，想要就去努力争取，想做就得积极行动。前途无量，但时光有限。要想有所成就，就让忙碌成为你生活的常态。古今中外，凡成功者，无不是一路奔跑的人。不是所有的努力都有回报，但成功一定离不开努力。无论这个世界有多残酷，一定要保持自己的坚强与努力，坚信自己的道路与梦想，勇往直前，活出精彩的人生！

## 【受人尊敬与尊重别人】

受人尊敬和尊重，以为自己很优秀。其实不然，乃是别人很优秀，一个优秀的人才更懂得尊敬和尊重别人。层次越高的人，越会懂得换位思考，知道每一个人都不容易，大浪淘沙，值得尊敬和尊重。真正的尊重是一种平等，不仰望，不俯瞰，不卑不亢。到了一定层次的人，自然越明白尊重意味着平等、价值、人格魅力和修养。反之，则始终自以为是地站在道德的制高点去指责别人。殊不知，在现实生活中，对人尊敬和尊重其实是在庄严自己，可往往做到却难，这就是修养。

## 【心大与事小】

人生大事难事看担当；顺境逆境看胸襟；喜怒哀乐看涵养；得

舍把握看智慧；成败得失看坚持，总体来说，要看格局。一个人的心小了，所有的小事就大了；一个人的心大了，所有的大事也都小了。

## 【信念】

乐观的人只会自己笑，而忘了怨；悲观的人只顾着怨，而忘了笑。世上真正的美丽不是青春不老的颜值，而是一颗绽放的心。人生，不能接受，那就改变，改变不了别人，改变不了环境，那就改变自己，从自己做起。做自己的太阳，就无须凭借别人的光。依照新的老中青年龄段的排序，四十五岁以下为青年，意味着你未来会遇到许多人，经历很多事，得到很多，可能也会失去很多。但无论如何，有两样东西要保护好，不能放弃信念和理想。明天无限好！

## 【祸福的转换】

《老子》云："祸兮福所倚，福兮祸所伏。"世上任何事物都有两面性，有光就会有影，有高就会有低，月圆则缺，日中则移，花绚则糜，水满则溢。我们无法改变自然规律和世事沧桑的变化，但却可以改变自己的思维方式，面对现实，聚焦事物正确的方向，敞开胸怀，进行到底。选择与阳光同行，张弛有度，潇洒前行，在人生路上，沿途欣赏风雨和风景，就会感到豁然开朗。

## 【意志与智慧】

《易经》云，上善若水，水善利万物而不争。《道德经》云，夫唯不争,故无尤也。水化成气,气看无形,若气在一定的范围内聚集在一起形成聚力,便会变得力大无穷;冰虽为水,却比水强硬百倍。越是在寒冷恶劣的环境下,它越能体现出坚如钢铁的意志。世界上最温柔的东西莫过于水,但滴水能穿石。上善若水者,即意志平静而不招摇,因为不争,避免了不必要的冲突和对立,保持自己的原则。喜怒哀乐不困于心,大起大落波澜不惊,智慧也!

【德要配位与德不配位】

随着社会的进步,人们皆有对正能量的认知。人,本身就是个能量体,健康和福祉亦是能量。古人云:"积善之家,必有余庆;积恶之家,必有余殃。"但社会人看人家有成就,往往就忿忿不平,殊不知,人家有多大德行。喜欢付出者,皆福报多;感恩者,必事事顺利;乐于助人者,遇贵人多;乐于分享者,朋友多。佛家亦云:"伦常乖舛,立见消亡;德不配位,必有灾殃。""厚德载物",厚者深厚也;德者按自然规律做事;载者,承载也,物者即指福报也!德不配位之位，当理解为在其位，是否尽其责。否则所表现之德行尚未配其位，那就用错了正能量。

**【永恒与无限】**

老子云："治大国如烹小鲜。"其意境高矣！前提是要具备宽阔的胸怀，有天下为公的气度。在现实生活中，当我们知道一件事情会有逻辑的结果，就不会紧张和恐惧，也不会郁闷。人之所以会有莫名的痛苦，在很大程度上是因为经历、经验和思维与现实不符，这就需要理性，需要历史的借鉴。历史和哲学可以让人的心灵变得清明和智慧，因为历史是讲永恒的，是时间上的永恒；而哲学则讲究无限，是范围的无限。有了永恒和无限，眼前的一切便都只是人生长河的一个个小波浪。只有心胸开阔了，眼界才能开阔。那么，治大国如烹小鲜也就不奇怪了。

**【乐观与思维】**

人皆有自尊心，然又有虚荣心，每每只看到别人的缺点，而看不到别人的优点；看自己总觉得要比别人好，甚至过度乐观，忘乎所以，失去了居安思危意识，危莫大矣！人不可以过度乐观，应当多予理性思维，考虑哪怕极其微小的边际量，要经得起自尊心和幸福感突然受挫。即使遇到危机，亦可以防御性积极态度来对冲过度乐观，维持中庸之道，不致于彻底失败。

**【合理的弯路】**

少走弯路，是管理学的核心，但现实中，人们往往难免要走弯路，关键是你走了弯路之后，得到了何种启发。直路，并非一定是一条成功之路。有时要取弯道，比如现代的高铁，时速快可达每小时三四百公里，还要故意设计微弯道，以求缓冲。现实生活中，走走弯路，总结经验，吸取教训，或许更容易让我们实现成功的目标。

## 【历史是由成功者写的】

在数学里，最短的距离是起点与终点之间的直线距离。然而，现实中的捷径并非如此。在发明机器动力前，船舶是靠帆行驶的，那时船夫的认知是：风向正好的风会鼓起船帆，此时的航路便是最短的。这才是现实生活中适用的最短距离理论，可事情不会完全按照你的计划进行。历史是由成功者写的；理论也是由成功的人写的。生活中，把远路变成捷径并不是不可以，但要看你怎样运用。负责任的人生需要考虑两个问题：一是我要学习别人的哪些行为；二是我有什么行为可以做别人的榜样。前者是接受影响，后者是留下影响。

## 【疏密美学】

疏和密是两种分布格局。播种农作物，合理的疏是植物生长的必要条件，因为它需要光照作用。若一味地考虑土地面积的利用率，把植物种得过密，就不会有好收成。在现实生活中，我们如果把每一天的行程安排得满满的，没有了空间，一旦发生突发状况，整个计划就会被打乱，无法从容应对。交友应有疏密、感情应有疏密，工作也应有疏密，给对方留有余地及空间，疏密有致方才体现生活之美。

## 【英雄与时势】

很多时候，不是一个人或一件东西没有价值，而是你没发掘出它的价值。价值是要进行开发的。英雄也是时势所造成的。英雄善于在对的时机做对的事情，不拘泥于传统与世俗的眼光。寻找人生价值的最大化，是一种人生智慧，也是一种人生哲学。

## 【逆境的反思】

一个人在逆境中的顽强人生态度，彰显出他的格局，体现了他的意志，使他逐步走向成功。在身处顺境的时候不要高估自己，在逆境中也不低估自己。人生道路往往不是跌倒在逆境中，而是失败在顺境里。

## 【苦难与财富】

苦难并不等于财富，苦难只有被战胜了才是财富。苦难之后的修正和思考，是由苦难而创造出财富。苦难和财富两者独立，却又有可能相互依存，前者是助推器，后者是结果。

## 【聪明增强知识，智慧创造文化】

聪明与智慧有区别。耳聪目明，谓之聪明，是一种生存的能力；智慧则是一种生存之境界。现实生活中，不吃亏的是聪明人，而能吃亏的是智慧人。聪明人知道自己能做什么，而智慧人明白自己不能做什么。聪明人能把握机会，知道自己什么时候该出

手；而智慧人知道自己什么时候该放手。聪明人总喜欢把自己闪光的一面表现出来；而智慧的人是组织别人亮出闪光，自己则更有面子。聪明人渴望改变别人，让别人顺从自己的意志，奉承自己为老大；而智慧人则做到改变自己，多尊重别人。聪明多系天生，得益于基因；而智慧更多靠修炼，在成长中突破。聪明能获得更多知识，而智慧让人更有文化。聪明靠耳朵、靠眼睛，所谓耳聪目明；而智慧靠的是心灵，慧由心生。科学让人聪明，哲学教人智慧。

【方向】

居安思危，似乎已经成为人们的共识。商场如战场，也成了商界的常识。思危者即思危、思退、思变也！战场是浓缩的人生，人生是持久的战场。然而一心向前，亦要懂得考虑是否退避三舍。但是此退非逃，乃是观其变，旨在调整冲锋的方向和姿态。

## 【批评与被批评】

人最大的无知莫过于批判别人时毫不留情，还津津乐道，而有遇别人对自己的批评或指点时，却佯装不知，仍然我行我素。若能把方法倒过来：遇到需要对别人批评时，则正确把握，点到为止，给对方留住情面；若遇别人对自己揭短、中伤和贬低，甚至恶意攻击，则要佯装不知。此佯装与彼佯装区别大矣！严于律己，宽以待人，才是正能量。

## 【顿悟】

人的生命不在于长与短，在于顿悟得早与晚。事业上，为什么有人失败，有人成功？前者是一味地急躁，而后者则是能够随时顿悟。平凡与伟大，崇高与渺小，都是标示一个人境界高低的相对用语。而境界的高低又归结于顿悟得早晚。

## 【角色的转换】

世上人之长处和短处也不是绝对的，即使是庸才也会有他们的长处。人生逆境一旦到了极点，也会向顺境转化，切勿沮丧，要懂得机会总是留给有准备的人，此乃大哲思。然而，蠢人也会有蠢人的福气，美人也有羡慕丑女幸福的时候。可见事物的价值越小，其寿命反而越长。生活中要培养自己平和的心境，一个心境平和的人不仅是在享受生活，更是在驾驭生活。

【富贵险中求】

大多数人都需要经历各种挫折和磨难才能获得成功和财富。顺境时让财富与日俱增,逆境时应当立即作出判断,以应对下一步有重大的变化。此时不够坚强的人在面对逆境时,往往就会束手就擒。能够挺过,方显出类拔萃,获得最后的成功。大多成功人士皆在风险来临之际,敢于迎难而上,决不退缩,最终获得成功。古云富贵险中求,即此道也!

【生活中不可忽视常识】

生活中往往充满了不确定性。我们在各显其能时,常常忽视最基本的常识及法则。这些常识往往是非常简单的定律。日本经济学家稻盛和夫说:"要学会用最基本的道理来判断那些看似最复杂的问题。"生活中,基本常识切勿忽视!

【为人处世之道】

人生道路既复杂又简单。清代学者云:"人生达到高境界者,一杯白水,一枚铜钱足矣。"用现代哲学来看即做人要简单,就得像一杯白开水一样,纯净平淡,不要掺杂着任何杂质,从容生活,平淡无奇才是真;做事要成熟,就得像铜钱一样,外圆内方,善待他人,善于沟通,宽容妥协,但可坚持自己正确的原则。这是为人处世的硬道理。

## 【失败并不一定是成功之母】

“失败乃成功之母”，此说世人皆知。人在成功之前，都会遇到挫折和失意，甚至是多次的失败。如果你一遇失败就自动放弃，就等于放弃了成功的机会，因为失败往往离成功只有一步之遥。失败是给人以启示，对于强者来说是通向成功的阶梯。未来是由自己决定的，结果也是由自己造成的，要成功关键是看怎样对待曾经的失败。

## 【帮助与被帮助】

你要想获得别人的帮助，就要先想着帮助别人。这不是简单的等价交换，而是协作达到目的所必需的姿态。如果别人将你视作伙伴，那么他将为你的成功而庆祝；如果别人视你为对手，那么他将为你的失败而欢呼。歌德有句名言：“你若要喜爱你自己的价值，你就得给世界创造价值。”帮助别人，成就自己，把越来越多的人变成自己的伙伴，尤其把对手变成朋友，让自己的存在为他人创造价值，你也将因此而具有价值。

## 【先变】

“山重水复疑无路，柳暗花明又一村。”在生活中、工作上，难免会遇到瓶颈，这时我们不妨逆向思考，没准儿会出现意想不到的转机。因为，换个角度，或许能看到不一样的天空，扩大了视野。不能等到一切条件都成熟了之后才去做，如果再等下去或许就没有你的机会了，所以应当抢在变化之前你自先变。

【价值的提升】

一根稻草撒在街上就是垃圾，如果把稻草系在一扎青菜上，它就和青菜一样的价值；如果把稻草绑在螃蟹上，那它就有了一百多元一斤的价值。同样的道理，一个人的人生价值在很大程度上就是由他所处的位置而决定的，运用好了，那么，稻草也可提升价值。何况人乎？

【对手】

万物皆有对手。风是大海的对手，若无风，何来浪花激涛？邪恶是正义的对手，没有邪恶，人间皆正道；挫折是成功的对手，没有挫折，焉有不断进取的激情？如是，对手就是你的映衬，促进你产生对抗的激情。一个人有了对手，就会变得多思考、重探索，于是激发寻找解决问题的方法和途径，充满了力量。对手水平越高，就越能使你创造更大的战斗力。从这个意义上来分析，对手就变成了在拉你的一只手，让你站到更高的地方，进而更接近你的目标，进入一个全新的世界。同时，对手更像一座山，当你登上山顶，你的生命就会更有高度。所以生活中、事业上倘若没有对手，生活就会像一片平地，风平浪静，没有惊险，也没有惊喜，那么你的生活和事业也只能是平淡无奇。

## 【求变与应变】

有些事，即使从方向上看来是正确的，但如果不合时宜，在时机不对的情况下匆匆进行，也是不能成功的。所谓时宜，也可以遵循古谚——天时、地利、人和，三者必须同时把握。“二战”时，丘吉尔不顾国会反对，坚持要与美国结盟，打败希特勒，结果他成功了。要进步就必须求变；要完美则更须不断求变；不求变就要落后，求变才能超越对手，以求变应万变。做任何事情，在时宜的临界点到来之前，只能创造条件，耐心等待时机，然后行动，方可立于不败之地。

## 【挫折与人生】

人生路上，大凡没有受到挫折、跌过跟头者都难以成大事。有人经不起一跌，一跌就灰飞烟灭；有人则庆幸一跌，跌痛了也跌醒了，反而斗志昂扬，爬起来后屡败屡战，终成大事。正如龚自珍所说：“世事沧桑心事定，此生一跌莫全非。”没跌过跟头，不算什么人生；没跌过跟头，不懂人生。

## 【才华与机会】

成功，其实没有我们想象的那么难。我们往往并不是因为事情难而不敢去做，而是因为我们不敢做，事情才变难的。古今中外，世界上所有的成功者都是通过行动才成功的。唯有行动才能充分发挥才华,这也是机会。

## 【自己不知道自己】

不得志时总是以为没人知道自己;得志了却又自己不知道自己。其实,人生命运没有被人捉弄,往往是自己捉弄了命运。这才是最可怕的。

## 【挫折与顺利】

苏东坡词曰:“物固有以安而生变兮,亦有以用危而求安。”“用危而求安”的人生哲理,发人之所未发,可谓出“新”制胜。用现代的眼光来看,若是一切都来得太顺利了,人难免会得意,得意便会容易忘形。倘若受些磨难,遇些挫折,则得失的心态就会豁达平和得多,处世更会沉着应对。

## 【求败】

人都喜欢成功,没有人愿意求败。但是,人在四十岁之前可以惨败一回,当然是你需要冒很大的险,你失败得越是惨痛,以后成功的机会就可能越大。人到四十岁时,精力旺盛,社会经验已经有所积累,需要的是闯劲,而不是书生气的“教条主义”。一次小小的成功还不如一次惨痛失败的经验教训获得多,因为从错误中学到的更深刻,更具有现实意义。此时的打击更能促进你发愤图强,实现更大的成功。

## 【低谷始时投入，高峰尾声退出】

有思想是一种能力，能行动也是一种能力，因此，领导者尤要表现出远见。古云“盛极必衰”，事物的发展都是像波浪一样由低谷到高峰，再由高峰跌到低谷，或者螺旋式上升，波浪式前进，循环往复以至无穷。任何事物的发展都是高山和低谷的辩证统一。因为此时的高峰中已经潜藏着跌落低谷的因素，而低谷中也有孕育着新的潜在的高峰。由此可见，高峰的前面一定有低谷，低谷的未来一定是高峰。在好的时候就要开始想到不好。所以既然事物的发展规律如此，那么世人做任何事时都必须谨记：高峰之尾声前退出，低谷之始时投入。

## 【人生无直线】

人生若有规划，的确能够帮助人们躲避风险，少走弯路。但是人生有直路可走吗？人生无直线，当你看到一个人在高度、深度上都无从发展时，也许他并非在堕落，而是在填充自己的内在维度，在寻找自己的平衡。但世人大都没有这样的觉悟，也不会懂得这个道理，只以为如果一个人既得不到提升，也没有变得更加专业，那一定是在无所事事，甚至不务正业。其实，从另一角度看也许那个人正在你看不到的维度努力挑战着自己的极限，在修炼着自己的内功，等待更大的机会。

## 【激发韧性】

是玫瑰总会要开花；是金子，总会要闪光的。游本昌曾发出感慨:“当人怀才不遇时,不要泯灭自己的意志和追求。”而是要激发你的韧性加力量。历史证明,生活绝不会辜负一个坚韧不拔的辛勤耕耘者。

## 【方与圆】

“方”是做人之本;“圆”是处世之道。成功若仅仅依靠方是不够的,还需要有圆的包装,需要掌握为人处世的哲学、智慧和技巧,才能无往而不胜。当然,最重要的是要塑造自己的优良品质,创造自身价值,在方的基础上加上圆。

## 【知止与知足】

知止更胜知足。事业和人生的转折点上一定要懂得“知止”的道理。综观古今中外,有无数智者能懂得“知止”、功成身退。一代商圣范蠡佐越灭吴,懂得知止,功成身退;张良辅佐刘邦击败项羽,天下初定便托病隐退;曾国藩攻克天京,平定太平军后,亦即“知止”,解散湘军,自削兵权,以释朝廷嫉妒,保全身家性命;美国首任总统华盛顿两届任期届满,毅然谢绝国人连任请求,给美国政坛留下了民主选举的制度;华人首富李嘉诚非常明白知止的道理,他强调自己对每一次行动的目的性和可靠性都要有“止己之不能行”的克制,认为过度的行为只能导致失败的结局,他没有“满盘皆收、赢家统吃”的冲动。知足是不贪,知止是不随。

## 【两种生活态度】

生活有如一面镜子,你笑它也笑;你对它哭,它也一样地哭。

因此，持有什么样的心态，决定了拥有什么样的人生结局。人生如同一只在大海中航行的帆船，掌握航向与命运的舵手便是自己。但为什么有的帆船能够乘风破浪，预期到达彼岸；而有的却经不起风浪考验，被大海吞噬？就因为舵手处世的态度不同。前者能够面对现实，化被动为主动，临危也是闲庭信步；而后者却是惊慌失措，已无主动应对办法。这就是人生两种生活态度及心态是否豁达的结果。

### 【高擎希望的火炬】

在这个世界上，有许多事情我们无法预知，但若每天给自己一个希望，我们就会有勇气和力量面对生活的种种挫折和不幸。虽然我们不能控制机遇，但可以掌握自己；我们无法预知未来，但可以把握现在；我们不知道自己的生命到底有多长，但尚可安排当下的生活节奏。把希望的火炬高擎在手中，让它照亮自己的生命之路。这样，你将会永远活得生机勃勃，激情洋溢，人生也会因此而丰盈十足。

【眼高手低与厚积薄发】

“眼高手低”可以有另一种解读：高处着眼，低处着手。前者是要有理想，有抱负，要有宏观的视野，有高远的追求；后者是能够从低微做起，从基础，从细节，从底层开始，把每一件小事做好，厚积薄发，到时就越有可能发展得更高。

【空间】

放弃，或许是另一种生存智慧。每个人都有自己的自我期望值，但每个人又有不同的自我能量，必须承认人的认知是有个体差异的，你不可能什么都比别人强，既然看到了自己的优势，更应看得到自己的不足，让自己有所不为，留点空间给周围的人。天生我才必有用，也是印证在客观条件下的努力争取，方能正确发挥。

## 【厚德载物】

良好的品德是力量的催化剂。古往今来，许多具有优良品德的人都是受到人们的尊敬和推崇，成为人才。德为导向，才是基础；德靠才来发挥，才靠德来统领。相对于才而言，德为根本，正所谓：有德有才是正品，有德无才是次品，无德有才是废品，无德无才是毒品。“厚德载物”实乃经典之说。

# 管理篇

【水桶定律辨析】

一个精辟管理理论——水桶定律，在工业化时代确实非常有效。但在互联网时代，这个理论实际上已经不能全面适用了。水桶定律的核心原理是水桶能装多少水是依据这个桶的短板高度来衡量的，但现代化的思维是可以把水桶倾斜45°，盛水的衡量标准是桶的长板而不是短板。换句话说，今天的公司总裁没有必要精通一切，如果财务不够专业，可以聘请专业会计师事务所；人力资源欠缺，可以寻找猎头公司；如果市场营销、公关不足，可以找专业广告公司量身定做；当然还有战略咨询、法律服务、员工心理服务等。总裁者只需有一块长板，以及一个有“完整的水桶”意识的管理理念，就可以通过合作的方式补齐自己的短板。所以，今天的企业管理理论，不像过去的水桶定律理论那样死板，非要花精力先补齐短板，达到长板的高度来盛水。当总裁的只要有系统化的思考，就可以用合作的方式，补齐短板，省时又省力。最好的策略是，总裁要具有一项非常的专长，具有多项可以搭配使用的思维方式。通过自身努力和对外合作，让自己的弱势及格，弥补短板，事半功倍。

【执行力与高谈阔论】

执行力是改变人生直接有效的方法。一个在“蜜糖罐”里长大的人，舒适惯了，长大后无论多么努力想改变什么，如果他不去执行，最终都很难取得大的成就。人都是吃五谷杂粮长大的，而人与人之间的差距为何那么大？除了有远见卓识外，还要能吃苦,勤奋,有执行力。一个人光有完美的思路和憧憬,没有执行力,就等于是空想。军事上有一策略:与其被动应战,不如主动出击。决定人生高度的,从来不是你的高谈阔论,而是你说做就做的执行力。没有执行力,一切都是零。

## 【改造团队文化】

《亮剑》电视剧主人公李云龙在战场上命令一个连长再坚持30分钟守住阵地。他说:“等这仗打完了,我请你喝老刀烧。”这句话内涵深奥得很:第一,打仗乃是国家的事情,为什么要请你喝酒;第二,把命令变成了商量;第三,反映了李云龙的人格特质,超强的凝聚力。这种凝聚力精神在军队里叫军魂,如果用在现代企业管理或组织团队中就是价值观。一个团队有了一种这样的文化,那么,无论遇到什么困难都会想尽一切办法解决。但是现实中,往往在想方设法的只有老板或团队总裁,其他的人很少愿意像“连长”那样接受命令。总裁或老板改造团队的价值观,要从企业文化上着手,让每个成员融入这样的文化氛围里。团队文化是全体成员共享的观念、信念、价值和行为准则,以便组成一种共同行为模式的文化体系。有了团队文化,领导力、行动力、执行力都会应运而生。

## 【领导与被领导】

领导要德位相配。领导者处在团队的中心地位,是公众人物,一言一行、一举一动都或明或暗地处于别人的关注之中。领导不但要在公众场合扮演好自己良好的形象;在自己认为群众和下属看不到的时候也要自律要言行有度、举止规范。领导与下属乃是荣辱与共、鱼水难分之关系;领导者赢得下属的拥护和合作,才能在工作上游刃有余。否则,一定无法实施目标,就无法继续扮演领导角色,个人地位也就岌岌可危了。

## 【自我管理是管理的最高境界】

制度管人,流程管事。此论凡企业家皆懂。可问题还是在于执行力,因为制度是死的,人是活的,如何让制度发挥应有的作用,才能实现制度的力量。结论是制度是否达到人性化,符合人性的要求。这个要求就是既要考虑公司利益,更要考虑员工利益。实践证明,制度与企业文化密不可分,一套好的制度,一定需要和企业文化相辅相成,不能背离。否则,制度就变成了摆设,无论你有多大本领都无法推行。于是,高明的企业家懂得企业经营先要经营人心,企业管理的精髓就是管理人性,企业管理的最高境界是实现员工自我管理。员工的舞台越大,公司的格局也就越大,公司园地变成生态环境,制度也就自然可顺利推行。

## 【叛逆的时机】

飞机在高空飞行,坐在飞机上的人此时的心境或许也被飞机带上高远,此时想的可能也都是宏大的志愿。可是在现实生活中,好高骛远不是解决问题的态度,而是缺乏格局的表现。真正做到解决问题,首先是接受现实,无论是解决当下的问题,还是人生道路的难题,都要有深刻的思考。在日常工作中,假如给你一个方案模板,再给你提出要求,普通人思考的可能就是要找什么样的内容来填充这个模板;而有高度和深度的人就考虑到这个模板为什么要这样设置,从而研究它的正确性和合理性,这个模板是否符合这个要求的最佳模式,这里面是否还有什么可供优化的空间。处理这样的问题,那么,就会立即表现出前者特别简单,而后者非常复杂,结果却是大相径庭。可是一个更大的问题就出来了:遇到一个糊涂的领导一定喜欢前者,因为他很快就把问题解决了;而后者却需要一个开明的领导才行,方能支持你的“叛逆”,把结果做得更好,同时也提高了你的自我。

## 【提升人格魅力】

新时代年轻人都有了新的“三观”认知,在公司里所追求的已不单是年薪,还要看“老板”的人品及人格魅力。跟着你干舒服才行。真正的领导者要懂信任,懂识人,懂放权,懂珍惜,培育自己的人格魅力,才能团结比自己更强的力量,提升自己的地位和驾驭力。

## 【荷花定律】

在成功的路上,很多人败在了“荷花定律”上。在一个荷花池中,第一天开花很少,第二天开花的是第一天的两倍,之后每一天都会以前一天的两倍开放,到了第三十天才开满池塘。在管理学中就提到一个问题:荷花池里开了一半是第十五天吗?不是!答案是第二十九天。学习荷花定律,则告诉我们一个道理:在创业路上,越到最后,越是关键。拼到最后,拼的不是运气和智慧,而是毅力。古云:“行百里者半九十。”现实告诉我们:越接近成功越是困难,越是困难越需要坚持。量的积累,一定会实现质的飞跃。坚持就是从量变到质变的过程。所谓改变,是一个循序渐进的过程。满池荷花盛开的时间要三十天,能熬过二十九天,才能成功。在现实生活中,值得考虑的是这第二十九天怎么走过来并坚持往前多走一天?

## 【判断与认知】

对事物的评价,一是看收益值,即能带来收益的大小;二是看收益的半衰期,即收益随时间衰减的速度。半衰期长的事物,对整个事情的影响会持续较久,那么我们就要集中力量做收益值高、半衰期长的项目。要想实现某项目的成功,靠我们内心对项目价值的判断和认知。

## 【胜利了并不等于多强大】

一个优秀的领导者,总是忍辱负重,以自己的团队为荣,激发团队的热情和士气,灌输团队斗志,形成牢不可破的信赖。要通过尊重、鼓励团队成员表现自我,把整个集体定位变得强大而令人敬畏。着力打造团队超越利益的文化,形成团队凝聚力的核心。少管过程,多看结果,培养团队的目标乃是领导者的责任。

## 【打工仔是船员】

平台有如一艘船,装载着使命。当你加盟了这艘船,你就成为这艘船上的一名船员。这艘船是满载而归还是触礁毁灭,则取决于你是否与船上的所有船员一样齐心协力、同舟共济,开向远方！自己的命运将和这艘船紧紧地捆绑在一起，与船同生死、共命运，不但要为这艘船贡献自己的力量，而且还负有保护这艘船顺利前行的责任。船长要使自己能轻松领航，顺利到达目的地，只有向船员灌输军队作风，让船员们提高同舟共济的认知。“船长”与其每天专注为船员辅导业务，教育他们怎么做事，不如宣传军人理念，芽自根发，收获可能是事半功倍。

### 【制度也是为了和谐工作环境】

领导用制度和规则管人，要比用感情管人效力持久。好的制度，能让坏人干不了坏事；若只用感情管人，容易让好人变坏。在制度面前，没必要讨论人性本善还是本恶。合理的组织制度必然是授权与监督并存，既相信你的能力，又怀疑你的本性。人性有光辉，也有阴暗。人的欲望是无限的，本性的好坏也是变化的。只有在明晰了权、责、利三者关系，只有用一套完整的组织制度去监督，才能使人尽其能，施其责，才会有一个和谐的环境。

## 【事无巨细不是好领导】

一个领导者如果整天很忙，事无巨细，那就证明一件事——能力不足。优秀的成员只要告诉他要做好什么事并要有什么效果，他就会想办法创造条件把事情搞定。越是出色的人越善于在缺乏条件的状态下把事情做到最好，而越是平庸的人越是对做事的条件挑三拣四。领导者要认识到资源并不只是金钱和利益，还有人心。

## 【维度思维与决策】

科学决策的一种境界，是把决策水平和运气分开的。头脑清醒的人能区分出决策和运气是两码事。高手关注的是系统，亦即过程，这是运用科学决策的基本功夫。高手关注的是怎样能有维度性地思考，以进行决策。因此，你尤其必须要能区分什么叫运气不好，什么叫决策错误。不能以当时的成败论英雄，失败了，要分析自己决策水平的纰漏和决策过程的合理性，得出结论，是局部的失败还是全局的结果。运用好了，将事半功倍。

## 【人力与人心】

一个团队的组成，少不了人力和人心。但人在一起并不叫团队；心在一起才是团队。因为，人心齐更重要。一个不具备凝聚力的团队是干不成任何事情的。那么，凝聚人心靠什么？全在于这个团队领导者的人格魅力。须知团队成员与领导者的关系应该是平等的，如果总是互相扯皮、争斗，只能是两败俱伤，唯有互相尊重、配合和协作,才能做到一荣俱荣的效果。领导者对团队的带领,首先要做到的是尊重、信任、沟通、换位和戒骄戒躁。赢得人心,才能少走弯路。

## 【人才定律】

有一个奥格尔维定律,是讲使用人才问题的。一个优秀的企业家聘用比自己更强的人,才能把企业发展成巨人公司;反之,如果所用的人都比你自己还差,那么,他们就只能做出比你更差的业绩。刘邦乃平民出身,文不书,武不战,智不比张良、勇不如韩信、才不敌萧何,但他做到把这样的优秀人才团结在自己周围,夺取天下,成就了大业。到了现代,所谓知人善任,实则是首在知人,次是善任。而真正的人才不仅是需要得到酬劳,而更需要得到尊重和信任,方可做到无限释放自己的才华。企业经营的核心是管理,而管理的关键是用好人才。你只有充分了解了人才,才能善用人才,发挥人才更大的价值。

## 【合作也是建立在愿景上的】

有一个故事是讲合作的:上帝把一个人带到地狱,只见一群人围着一大锅肉汤,肉汤香气扑鼻,但这些人却一个个饿得瘦骨嶙峋的,充满绝望,最后发现这些人每人手里都拿着一个可以够到锅里的汤匙,但汤匙的柄却有五尺长,无法把东西送到自己的嘴里。接着上帝把他带进了天堂,天堂里也有一大锅同样的肉汤,一群人,一样的长柄汤匙,但每个人都养得精神饱满,都很快乐,原因是天堂里的人都在用长柄的汤匙盛好肉汤去喂对面的那个人。同样的环境、同样的条件,其结果却是迥然不同。在今天的世界里,没有任何大公司靠自己单干能保持竞争优势,只有合作才能发挥合力的作用。第一,必须是双方或几方有可以合作的利益;第二,各方必须有合作的共同愿望;第三,各方必须有共享共荣的计划,则合作才能做到皆大欢喜。

【磨难不是风险】

从现代管理学来看,高风险也代表着高回报,勇气的背后隐藏着成功。大凡成功者都注定要背负起经历各种磨难的命运,想要获得成功必须要经受严酷的考验。同时,不仅要在处于顺境时居安思危,即便是在逆境中也能够把握商机。然而,不够坚强的人在面对逆境时,就会匆匆放弃。成功者则是在风险来临之际敢于迎难而上。

【沉没成本】

从现代管理学角度看,遇到事情,切勿一味纠结,有些事情在当时认为已经无可挽回,那就暂时放下。"塞翁失马"就是印证了这个思维,减轻了"沉没成本",即已经发生了且无可挽回的、除了让我们懊恼后悔之外对现在毫无帮助的成本;反之,如果我们因为曾经付出的巨大"沉没成本"而变得非理性,就会面临更大或更沉重的负担,后果更为严重。

【竞争】

大部分人都认为竞争就是要分出胜负。殊不知,不是所有的竞争都一定是一方赢,另一方就是输,如果能运用智慧得当,可以使双方皆赢。真正能成大事的人,把对手当作自己的伙伴,在竞争过程中不把对手看成敌人,而是看作学习的对象,尽力发挥自己的特长来抵御对手的挑战,击败对手,倘若做不到全赢,那么,就争取双赢。

## 【进取与突破】

当一把手的必须敢于进取,攻城略地,并力求平衡和稳定;当副职的一定要精于管理,来实施组织意图,高效行动。这是新管理学的理念。率领一个团队,走向成功,是需要二把手和一把手紧密团结、紧密配合,明确理解奋斗之目标和方向,对工作方略有周密的策划,有决心、有毅力、有意志、有自我牺牲精神,带领团队,才能不断实现新的突破。

## 【水平不等于能量】

世界上不是所有的鱼都可以生活在同一片海洋里的。同理,每个人都有自己鲜明的主张和个性,更不要要求别人都理解你,因为别人没有这个义务。在这个世界上,每个人都有自己的价值观,若一味苛求“三观”相同,那是不现实的。领导者宜应抓大放小,只抓重点,留点空间给下属,让他们自己去思考,更会发挥执行力,事半功倍。领导者,不要多解释。

## 【领导是开路先锋】

狼群里的头狼,看似威风凛凛,一呼百应,其实也很不容易。

在现实生活中，当你自认为辛苦、艰难甚至委曲时，应当想到前面为你开路的那位领导，领队的阻力远比追随者大。开路先锋要闯出一条路，可能不一定是顺直的，但他要做的是让团队走得轻松、顺畅，却不会告诉属下开垦这条路有多苦累，且仍然默默地前行，率领团队，走向成熟，走向辉煌。

## 【事半功倍与事倍功半】

领导者宜谦虚、低调，方可赢得下属的敬仰，有利于工作的开展。把深刻的思想，用很浅的语言表达出来，是有能耐的表现。切勿说太多的“八股文”，以显示自己有文化。毛泽东说：“好好学习，天天向上。”表面上看多么的浅近，易懂，但仔细品味，深义大矣！能让人轻松、愉快的东西，就比较容易进入他人的思维系统。否则，很可能从一开始就让人产生抗拒心理或者逃避。那么，最好的理念，也会被隔绝。只有进入了对方的大脑神经元，让其驻扎，然后潜移默化地变成行动，才能真正有效，将事半功倍。

## 【潜力股不是绩优股】

管理学认为，管理的本质是通过他人完成工作及任务；领导力的本质是训练团队的核心力量；权力的本质则是体现在影响力上。但是，无论怎样的认知，都是需要创新。而新管理学提出“从0到1”：创新不是从1到N，而是从0到1。这就是说质变的意义大大地超过量变。学习管理学，对你所从事的工作是有帮助的。无论什么社会，人才是关键，发现“潜力股”也是需要慧眼的，继而将潜力股打造成“绩优股”。毅力的长度决定你崛起及屹立的高度。

## 【忠诚度才是底线】

领导者看人始终不要只看能力，更重要的是忠诚度。因为能力有时也只是代表一个人发展的基础，然人品则是第一位的，若失去了人品的支撑，就无从谈起忠诚度。我们看人不能只看表面现象，而是要看他做人做事的态度。在现实生活中把敌人变成朋友，当然是高手；身边的朋友一旦成为了敌人，那就要比普通的敌人更可怕。

## 【成功经验和失败经验的区别】

优秀的领导者首先是有提升自我的认知、协作的认知和管理的认知。顶尖的领导者，必须能够带领团队制定精确的战略和战术，保证目标、人力、财务三大资源一体作战，让团队的每一个人洞察环境、对手。鼓励团队从底层痛苦地走向高层，没有退路。多总结失败的经验，不要太羡慕和欣赏别人的成功经验，因为成功的经验都是差不多的，只有失败的经验才是不一样的，从错误中学习才能少走弯路。

## 【领导的发言】

领导要把握时机，但发言的前提是事先做好调查研究。没有调查就没有发言权。当领导的要在该发言时发言，发言时提原则性的要求，抛砖引玉，先说、早说，留有让下属进一步发挥的余地；当需要作概括性、总结性发言时宜后说、晚说，目的是统一思想，达到一锤定音的效果；外出视察、调研时应当随时提问，以示不耻下问，表现出平易近人的态度，让人感觉到领导对基层的尊重，收到事半功倍的效果。

## 【刺激创新】

古云："一分耕耘，一分收获。"但现代管理学认为，忙不一定高效。你觉得别人躺着就可以赚钱不公平，其实人家只是选择了正确的劳动方式。如果你整天都在忙忙碌碌，日程满满，那说明这样的安排本身就是个问题；相反，把一周的日程分成十个等分，六分是必需的工作指标安排，余四分去做些看似没有意义但却更具挑战性的事，如此日积月累，会有更大的收获。管理者要意识到最稀缺的资源是时间。谷歌为什么允许员工将自己20%的工作时间用于本职工作之外的随意项目？除了规定之外，你自己去琢磨还能再干些啥。谷歌此举表面上看似管理太宽，事实上在刺激创新。

## 【激情是需要激励的】

当领导就要当出色的领导，因为领导者是能够点燃他人内心激情的人。历史上的项羽出身贵族将门，称得上是英雄，却只能逞匹夫之勇，不经意间就熄灭了下属内心的火焰，使人心灰意冷，整个团队意志涣散，战斗力尽失，最后以惨败告终。同一时代，刘邦出身布衣，他却拥有三杰（张良、萧何、韩信）为他忠心耿耿效力，充满激情地为他冲锋，释放生命的潜力，最后获得成功，改变了历史。历史已成过去，但我们仍然可以学习。领导者把自己看成一团火，即使在最黑暗失望的时候，也要信心满满，能随时感染激发每个下属，才能激励团队走向成功。

## 【老板不能忽略常识】

老板和尚未吃饱肚子的员工谈未来人生是很不现实的。因为员工既需要远方，更需要现实的回报，这是安身立命的根本基础，越是基层员工越是如此。老板是在让员工根据管理设定的目标去寻找答案，还是激发员工去创造目标并实现目标？很多时候，不是员工缺乏创新能力，而是管理高层乃至老板在潜意识里把员工创新的路给堵死了。所以，老板倘若忽略常识，亦属不可取。

## 【团队力量】

当领导职位越高，责任越大。从普遍意义上讲，领导也会有表现自我、证明自我的需要。但如果领导一味地“证明”自己，不喜欢聆听下属的意见，就是故步自封，会变得孤立无援。从社会分工意义上讲，领导者应该做的是如何发挥团队的力量、激发团队的积极性。

## 【靠制度管理企业】

谚云:“没有规矩,不成方圆。”完善的制度是企业有序、健康发展的保障。依靠“人治”或兄弟哥们的感情来管理企业,所产生的效果毕竟是有限的,而采用制度来管理企业,则可以营造大众公平感,调动团队的战斗力。老板在与不在都一样,大家各司其职,企业自有良性发展。

## 【激发贤士潜能】

优秀的领导者要全面看人,尤其要看到基层的普通人。有时候看似不可能完成的任务,往往是一些看起来普通的人来完成的。人类最深层次的潜力激发,往往是有赖于情感和信仰以及对于目标的执着追求和坚持。每个人都有可能超越原来的自己,缔造奇迹,那就要看领导者如何激发普通人。

## 【企业的对手也是企业,并不是老虎】

企业不创新,守成吃老本,在新管理学上叫“路径依赖”。路径依赖者认为走老路是最保险、最安全的,因为前人之路,后人跟着走,不用承担太大的风险。于是,明知是路径依赖,仍然坚持这么走。殊不知,走老路的风险可能不比转向新的发展方式小。发展理念转变了,才能轻装前进。企业的对手也是企业,一些企业创新成功了,就可能后来居上,成为你的对手。他们成功了,这正是在逼着你改革,你如果还不想改,仍走路径依赖之路,那么,你就非垮不可。只有通过竞争,在改革拼搏中改造自己,彻底改变路径依赖旧理念，创出新路子，企业才能做到自强不息。

## 【以开放的心态管理企业】

当老板的应当不怕员工犯错误，可以怕员工不犯错误。永远充当老好人者应当是老板所不为的。但是，当员工犯了错误之后，应当分析员工所犯的错误之合理性，这样，有助于企业创新，推动创新，不要扼杀员工的积极性。很多时候，错误是人们最想掩饰和包庇的。但如何让人愿意暴露错误，并让人认识到和找到错误的合理性和它的价值，这是当老板的智慧。企业的管理效益从来都是眷顾别出心裁而有效的方式得到的，既是智商也是情商开花的结果。以开放的心态管理企业，这样的老板才是最大的赢家！

## 【不合格的员工是其背后领导造成的】

一家企业业绩不好，应该首先追究总经理的责任。一个团队的绩效水平不佳，执行力低下，那么，首先追究的是这个团队领导的责任，要看这些领导者是对责任有担当，还是在推脱责任。总裁衡量一个管理干部最基本的标准就是对责任是否有担当。企业做大了，最重要的问题就是管人，管好人更重要的是靠制度的延续性，另一方面是人才的培养和储备。董明珠说："如果要开除十名不合格员工，首先要开除他们背后不合格的经理或总监。"此说值得深思！

## 【人治与法制】

经营企业就是经营人的动力。员工不敢犯错误，这是老板或领导厉害，叫人治。员工没有机会犯错误，这是制度和机制厉害。员工不愿意犯错误，或者不想犯错误，乃是企业文化厉害，这叫心治。因此，老板经营人的动力有四动模型：上靠文化拉动，下靠制度推动，后靠机制驱动，前靠领导带动。

## 【合格的领导者】

合格的领导者是能够承受旁人无法承受的压力和委屈，内心要足够强大，要有胆量去承受那些自己无法改变的事情，有毅力去改变自己可以改变的事情，有能力去发现身边竞争隐藏的机会，有智慧去辨别和抓住稍纵即逝的机遇，有勇气去承认和面对自己做错的事情，有胆量接受下属尖锐的批评意见，并且把此意见变成自我完善的动力，不断修正自己的综合素质，想别人所想，做别人所做。这是一个合格的领导者标准。

## 【优势与劣势】

随着社会进步的变化，各行各业的行政管理都不断地完善，走向规范化。那么，创业者首先是要学会适应形势，而不是让形势的发展步伐来适应你，这是毋庸置疑的客观规律。创业者选择项目一定要量体裁衣，慎重处之。要有优秀的人去做，还要做到扬长避短，发挥自己的优势，并将其转化为胜势。今天的优势到了明天有可能会变成劣势，这就要求我们的优势仍需不断生长。

我们若能学会适应环境，那么，任何时候环境的变化，哪怕有多困难，都将会被你战胜的。

【创新思路】

在“大众创业、万众创新”的推动下，精明的老板已改变了不少依赖性思维。企业的整体价值观以及员工内在心智模式的改变，这比外部环境的改变，更能决定一个企业的转型成败。老板只有创新思路，才能带领企业不断发展壮大。

【小鸡与老鹰】

忆孩提时代玩过“老鹰捉小鸡”游戏。在企业转型升级中，或许能得到启示，看今天有多少老板者仍在扮演着母鸡的角色。游戏里为什么小鸡会被老鹰捉住，值得我们思索。因为游戏中决定胜负的不是鸡或鹰，而在于各方对待规则的态度。什么样的行为导致什么样的结果。母鸡的理念认为小鸡是弱小的，自己责无旁贷要保护它。因此，母鸡的行为注定是：定命于生存，致力于保护，行为于被动，疲惫于牵挂，结果是劳而无功。而小鸡只有一个想法：求得母鸡的保护，其行为是：定命于躲避，致力于跟从，失败显而易见。而老鹰则不同，它定命于制胜，着力于破规，专注于结果。现在企业里还有多少员工在扮演"小鸡"的角色？他们总是认为自己不要属于最差，不会是第一个死掉就行了。殊不知，老鹰一般不是在游戏一开始就行动的，它或许先晃荡晃荡，等母鸡没有力气时伺机下手不迟。由此可见，鹰之晃荡是在研究行情，找到母鸡与小鸡形成防御的规律，就可以操控游戏规则。于是，定命、模仿、跟随是鸡失败的根本因素。当老板者可能从中得到一些启发。

## 【知变与应变】

优秀的领导者皆知变，且能应变，但这样还不足以达到上品境界。上品境界者，是要在变之先而求先变。优秀的领导者皆能遇事洞察先机，随时知变、适变、应变，方能未到变而达变。

## 【思维与管理】

领导的思维比管理重要。老板最应当关注的是人的问题，尤其是各级干部的人选，如果所用非人，那么，团队也就无法形成凝聚力。团队应该形成一种氛围，让有本事的冒出来。老板光有知人还是不够的，知人如果不善任，等于不知。因此，知人一定要善任，而且尽量多给他发挥长处的机会。这才是老板的智慧。

## 【企业家要有决断力】

企业家在决策过程中，有时候过高地估计眼前暂时的困难，一味强调当下的风险，反倒会削弱团队进取和拼搏奋斗的勇气和信心，变得迷失方向，不知所措，从而错失许多可能成功的良机。总裁在作出这一关键判断的时刻，切勿只看到眼前的得失利益，而要学会时刻站在更高一层，放眼全局，系统地去评估企业的战略性风险，不要因小而失大。在同质化的时代，最缺乏的不是梦想，而是要让梦想成真，实现梦想和决策的结合，要有勇气和胸襟，造就高瞻远瞩、一往无前的精神。

## 【经商之道】

管理学用“大鱼吃小鱼”比喻经商之道，其实亦乃为人之道。有曰财富如水，那么，一杯水，可以独享；一桶水，可以放在家里共用；但如果是一条河流，就一定要学会与人分享，不可独占。这个世界，大鱼得活，小鱼也得活，虾米也得活，于是便有了各种活法。反之，如果虾米没有了，小鱼怎么活？要是没有了小鱼，大鱼怎么活？自然界生物就是如此往复循环，各求生存。同样，商界也要有良好的生态环境。

## 【团队文化与用人之道】

“知人善任”乃是现代企业总裁或者是团体领导者的用人之道，然择人用人的选择一般唯德与才为前提。有些领导喜欢用听话者，以为安全。殊不知，一个群体中都是这样唯唯诺诺的顺从者，那就失去了管理学中的“鲶鱼效应”，弊端多多，关键时刻拿不出主意。在团队文化的建设中，应当在群体中更有意识地寻求才与德的互补，方不失为正确的用人之道。

## 【用人之道】

刘邦成功后，总结他打败项羽的原因，不是因为自己比项羽更强大，而是因为自己手下有“汉初三杰”张良、韩信、萧何，而项羽连一个范增都不能用，焉能不败？领导者用人应坚持如下原则：第一，用比自己强的高人；第二，用有缺点的能人；第三，用人之长，弃人之短，做到“使人如器”；第四，重用能够时时向老板提反面意见的人；第五，天下是一家，只重德、才，不计出身。在用人上，要有权变、谋略与智慧。

## 【商业运作与文化修养】

商业运作的核心是交易，而交易的核心是必须获得营利。看一家企业好不好，就看老板及总经理在正常下班之后干什么，和什么人在一起。要是老板天天邀请政府官员聚会，那一定是企业遇到什么麻烦；如果常常频繁地邀请银行行长上酒店，那一定是资金链出问题。反之，一家企业若涉及政府层面事情，部门主管与政府层面对接搞定；财务总监与银行对接处理相关事务，那说明这家企业一定是财务健康，运行良好。总经理乃是企业之灵魂，应当站在一定高度上，正统行事，统一指挥。业余做到思想政治的学习，提升文化修养，事事中规中矩。那么，你的企业就会永远立于不败之地。

## 【成本与风险】

管理学中有个成本课题。其实，成本问题，还是一个分配问题。比如人工成本，对企业来说是成本，而对员工来说就是收入；原材料成本，对下游企业来说是成本，对上游企业来说又是收入。所以，降低成本也是利益分配关系的调整。如果仅仅是从财务会计的角度去看待降低成本，就很可能形成一个跷跷板，按下葫芦浮起瓢。若从社会角度来看成本的提高，乃是一种风险的转化。企业家首先要认识高成本和高风险始终是保持一致的，这是客观规律。我们无法驾驭这种客观规律的变化，但是，可以从内部改变分配政策，同时加快制度的创新，推进制度的合理性、适应性和可操作性，使新的制度和风险之间形成一种良好的匹配。

## 【牛与马赛跑】

牛和马比赛跑，牛肯定是输的，但这不是牛的无能，而是安排这种比赛的人无能。因为管理者们只看到马的速度，却没有看到牛的力量。衡量一个人，不要以此领域来比彼领域，要在同领域里看到其特别优势，当老板的要开明。

## 【机会成本】

从经济学之比较优势理论看，一个极为优秀的人，哪怕什么都会做得比别人好，但也不应该什么事情都由自己去做。从管理学角度看这个问题，如果每一件事情，都要能者居上，那就相当于做了机会成本更高的事情，这有如高射炮打蚊子，乃是错误的选择，更不符合财务成本管理原则。正确的选择一定是做自己机会成本最低的事情，余下的让手下合适的人去做，这样才能得到最高效化收益。

## 【领导力】

领导力是一门科学，同时也是一门艺术。因此，CEO的艺术就是在人、财、物之间三者平衡的艺术。所谓此时的平衡是要一边打破破旧的平衡，一边要迅速建立起新的平衡机制，这是领导者的本事。如果能迅速建立起稳固的新平衡，就说明了领导力的强势。但是，要想迅速而有效地打破旧的平衡状态，能够顺利让企业日常的运作进入新的平衡中去，使企业的运营有条不紊，往复循环，就要形成良好的管理体系。

## 【成功者是不是就很伟大】

成功者之所以能够成功，往往是因为他所要做的事情，是绝大多数人所不愿意去做的。此时，原本不愿意做的人才发现成功者的伟大。要有眼光,先开眼界;欲具胆略,先练胆识。因为目标的威力是巨大的,但若缺乏明确的梦想和对人生的设计,那就变成了不知道今天要到哪里去,那通常就哪里也去不了。所以,人生规划的设计是要将注意力高度而全面地集中起来进行目标规划,然后充分发挥出聪明才智,才不至于没有方向。

## 【小问题的积累会是什么后果】

“图难于易,为大于细。”在生活中、工作上遇事应从大处着眼,小处着手。小问题容易解决的先解决,不要任其越积越多,成为大问题,那么,解决起来就难了。经过了诸多小问题解决的成功,自己也有了自信。如此治事,你会发现遭遇的阻力是最小的,如果此时考虑有比较大的变革,那么,就会变得得心应手,大大提高工作效率。

## 【科学的企业文化】

企业文化也是需要不断创新的,传统企业文化只是代表企业的识别系统。通过企业运作和发展几十年的探索、洗礼,我发现过多的理论会对企业文化形成束缚。凡事平衡是相对的,不平衡才是绝对的;事物都是在不断打破旧的平衡,走向新的平衡的运动过程中,得以保持活力,才能得到科学的、更大的发展。而最简单的企业文化,其核心就是如何把高管及员工改造成这样的人:我是在为自己干,不是为老板干,目的是获得成就感。我为成就而奋斗!这才是科学的企业文化。

## 【试错】

伟大的创新成功往往有时候就存在于某些看起来还不成熟的想法里，就看你是否有宏大的思想和魄力，鼓励部下的每一次创新，舍得给他们机会去试错。当然也可以小规模地尝试，眼看结果不好，便当机立断，退回来就是了，损失不大，也不伤元气。领导者要看得到在试错的过程中已经得到的宝贵经验，这种经验就是下一个创新的开始，可以让你的团队快速成长！

## 【成败得失在于用人】

古今兴衰事，成败得失在用人。一个组织的领导者，不仅要独具慧眼，学会相马，还要学会赛马，要敢于启用比自己强的人。如此则有利于人才的脱颖而出，实现用人政策的良性循环。但是，实际上平庸的领导总是喜欢启用比自己更平庸的人，因为害怕下属的优秀抢了自己的风头。那么，更平庸的下属只有再启用比自己更平庸的人，如此恶性循环。试想这样的组织能有什么建树？三国之刘备，一不是军事天才，不会打仗，二没有多少政治头脑，但他善于笼络人，启用了关羽、张飞、赵子龙等人为其拼命，三顾茅庐请到诸葛亮，从一个小沛起家形成了三国鼎立之局面。这是不是值得当领导者学习？

## 【人性产品】

企业管理是一场心理实验。管理学理论实际上只强调两种结果：一是经济生产力、产品质量和创造利润等；二是人性产品，包括员工的心理、健康、自我实现、安全感、归属感和忠诚度的提升。管理者大都相信每个人都具有无穷的潜力,人是企业最大的资产,可就是不愿彻底地放开发掘。殊不知,社会愈进步,人类愈进化,心理需求就愈强烈,就愈需要开明的管理政策,赢得人心,在竞争中获胜。

## 【第三层次】

总裁之气量大致分为三个层次:第一层次是什么事都不放心交给别人做,事必躬亲,这是小气量的表现;第二个层次是自己擅长的事情自己做,把对方擅长的交给对方做,从表面上看已经很精明了,也很正常,但也不算什么大气量;第三个层次是即使自己能够做到很完美的事情也交给别人做,而自己则躲在背后给予默默的支持,给人机会,且也使自己智库满满,让人才脱颖而出。第一个层次的成事很小;第二个层次的成事一般;唯第三个层次的最高明,值得学习。

## 【战略定位与战略管理】

企业需要战略定位。一个企业不可能大到不能被挑战,也不可能小到不能去竞争。为了不乱方寸,企业需要有战略定位作为奋斗的目标。战略定位是为确定组织的长期目标、选择行动途径和实现这些目标而进行的资源整合和分配,只有在回报和风险取得良好的平衡时,企业才能实现利益最大化。企业的战略定位做好了,再进行战略管理,然后朝着战略定位目标前进,少走弯路。

## 【权力与变革】

拥有了权力并不一定就能成为好的领导者，好的领导首先自己要具备能力素质和心理素质两个条件。心理素质包含洞察力、评估力、表达力、分析力、沟通力、转换力和调节力。领导要以身作则，确定目标，永不放弃，并且勇于引导，乐观向上。当然，引导别人永远比被别人引导难得多。领导不能害怕变革，害怕变革就等于失去挑战精神，团队就会开始步入衰退之路，带来严重后果。

## 【无用与有用】

生活中、工作上往往遇到这种情形：厉害的人用不厉害来包装；可不厉害的人却非要用厉害来包装，表现得趾高气扬。前者是虚心；后者则是心虚。中国象棋里，将、帅只能在很小范围内活动，不出外围征战；表面上看起来车、马、炮比较厉害，但只是形

式上的厉害，将帅才是真的厉害。明智的总裁，懂得把自己包装成“让贤”，让高管者们获得机会，使高管者们表现得十分有用。如此，则高管愈有用，总裁就愈可以乐于“无用”，以“无用”的心态来全面关照高管有用的表现。这样的局面，会使虚荣包装的人改变态度，齐心协力以集团的目标为中心，紧密配合，一起带动企业实现既定目标。

## 【逆周期】

人在面临着有利条件时往往不再思进取，这是惯性所致，虽然人们懂得居安思危的道理，但实际付诸行动者少。一般都在遇到困难和挑战时，再去想方设法解决，结果发现机遇就隐藏在挑战的背后。改革开放以来，第一代创业者们基本完成了原始积累，不缺钱，于是急于寻找投资项目。殊不知，过去的成功无法复制，面对新的机遇和挑战需要新的思维，盲目重复极不可取。前企业自主创新、补短板、在管理上下功夫、有效投资是发挥逆周期调节作用的持久、永恒的政策手段。创业容易守业难，乃是至理名言。但是，只要我们做到顺应大经济环境的需求，积极应对，看得挑战的背后隐藏着的是科技创新的机遇，那么，企业又一个新的科技革命的春天就要来临了。

## 【担当与转机】

商务谈判签约了，就证明你得到了对方的信任，但并不代表你便可以高枕无忧了。因为如果你不去做好维系信任关系的工作，努力克服自己的困难，甚至做出伤害对方的举动，那么你与对方之间的信任链条就会断裂，然后一步一步地使你走向颠覆性的毁灭。在尚未履行任务之前如果出现意外的失误，尤其不要向对方强调理由，企图推卸责任，迫使对方服从。这样的想法都是极其愚蠢的，唯一要做的只有诚恳地担当，赢得对方的重新信任，获得转机，才是上策。

## 【经营人是个大学问】

“得人心者得天下”乃是古训，如今用在企业管理上还是相当有说服力的。说“得天下”虽然夸大了点，但经营企业的确就是要经营好人，人是第一要素。而经营人是个大学问，首先要善于治心、尊重人，还要投资人。如果人的成长愿望不能得到满足，那么就会产生对企业或管理者的不满情绪，久而久之，其人就会与企业“离心”。只有把人经营好了，获得广大员工或团队对你的信任，才会获得更多的、无限的助力。

## 【计划与预案】

工作上，我们有时会陷入一时理不出头绪的困扰，所以我们工作的每一步都应该是在解决问题的过程中迈出。当一个新的计划产生或出台的时候，首先得问一下自己，做这个计划我能解决什么问题，又会出现什么问题，出现问题怎样解决。得先把这三点搞清楚后，再评估自己还有多少潜能？做好预案。如果一个新的创意不能解决任何一个现实存在的问题，那么，它就是没有实现的价值，这个所谓计划也是一个不足以实行的计划。把这些过程中客观存在的问题厘清了，一定会豁然开朗。

## 【企业文化与权力下放】

企业文化是企业的灵魂，其核心是企业的精神和员工所认知的价值观。但是在中国的企业里，人们普通对于企业文化和价值观谈得不多，更多的是关注利益。企业要想管好，需要在顶层设计的统一规划下分解到逐级管理，然后引导员工统一思想，得以共同完成任务，并不是领导层几个人可以把所有事情都干完干好的。因此，优秀的企业文化是把权力下放或分发给合适的、可信的人，那么，就会发现管理变得轻松了。

## 【抓主要矛盾】

工作上往往会出现矛盾，但在众多矛盾之中，必然会有一个是主要的。因此，开展工作就需要发动思维，首先要抓住主要矛盾，抓住中心的关键点来剖析其他的矛盾，加以分解。如此，则能够厘清头绪，分成轻重缓急，且矛盾主次分明，不至于偏离方向。

## 【权威与权力】

权威和权力是两个不同的概念。当你把权力交给某人，并布置了任务，这就体现了你的权力。你懂得倾听，懂得尊重人，再懂得承担责任的时候，那么别人一定会听你的，这时才代表了你的权威。当你接受了指示，把任务分解到各个部门，然后制订奖惩制度，进行考核，再考虑怎样去用人、推动和执行，直至实现目标，达到完成任务，任由你支配，这是权力而不是权威。当我们把这两个不同概念搞清楚后，做起事来就自有分寸，不会犯上，也不会傲下，深得周围人的支持和赞誉，那么，你在团队里的地位也就自然提高了。

## 【小目标与大目标】

目标是人生道路上的一座灯塔，引领我们在黑暗中前行。人生不能没有目标，但目标却又不能定得太高，太高会导致你力不从心，望洋兴叹，只能半途而废。因此，先定小目标，目标虽小但具体可操作，也就有了努力的方向。每当实现了一个小目标，总是能激发人信心，促使你努力前行。把所完成的许多小目标加在一起，等于实现了一个大目标。如此往复循环，从小到大，多多积累，可以让成功系数不断增大。

## 【是非的属性】

有了优秀的领导者，才能有优秀的组织团队。最好的组织就是能与异己并存，包容异见，使领导者有思辨的机会。实践证明，仅仅盲从的部下往往都是不负责任的，他们更在乎的是领导对自己的评价和器重，而并非事实的真相和组织利益。领导者应当宁可接受出错，但不可以接受盲从。若一个组织包容异己并存，包容异见，就能使盲从没有市场。优秀的领导者明辨是非不难，难就难在如何判断这个“非”的属性和可能引发的后果，而不是只看到当下显而易见的损失。

## 【领导的螺丝钉思维】

领导者往往喜欢把自己看成是这个企业的标准化领导，让每个人都成为螺丝钉，为企业服务，这样的管理也许是高效的和专业的，但很难有突破性的创新。因为很不认同“异类”，也就不善于发掘高潜力人才。殊不知，领导者需要做的应该是发现，而不是治疗。领导者对自己的角色和责任要进行不断地改变和认知，不断地塑造和锤炼，以适应自己制定的方向，不使之偏差，来实现目标。这是领导者需要做的功课，否则，员工将不会追随你。

## 【被动的制度】

许多企业CEO总是期待制度可以解决一切问题，能够获得管理上的轻松，殊不知，建立组织信仰机制要比制度本身更有效。制度虽然具有约束力，但是制度也有漏洞及失控的时候，于是只有再制订约束制度的制度，如此则制度的制度就不断出现。一个有员工信仰和愿景的企业，员工会自发地完成目标和任务；而一个制度满满的被动性组织，员工一旦失去直接引导就很难履行职责，因为害怕自己犯错，出问题，于是宁可不求有功，但求无过，这就是没有建立制度机制的弊端。企业缺失文化建设，只会过多地约束员工个体，就无法发挥群策群力的智慧，扼杀了创新力。所以，建立制度机制要比制度本身更重要。

## 【实力与创新】

一个超级强大企业的形成，毫无疑问，靠的是实力。实力的核心是创新，创新的基础应该是开放、包容和多元化的精神。包容能使那些看上去离经叛道的思想最终可以发展为创新的火花，这一点是一般企业家难以做到的。而包容的一个重要方面是以文化和思想的多元性，推动了制度的开放，还要求企业自上到下一律平等，要尊重每一位员工，更不许歧视，使得每一位员工能够自由地在这样的环境里成长，使之为企业提供创新意见。这就是强大企业的管理作风，也是成功之道。

## 【领导要多用人才】

现代企业，人力资源的管理和企业总裁的思想、胸怀以及用人标准大有关系。“水至清则无鱼，人至察则无徒。”太精明的领导，所看到的只是下属的缺点和不足，于是，自信满满，自视甚高，事必躬亲。用人也就喜欢用平实之才，因此，则守成有余，开拓不足。此外，极度自信和事必躬亲，大大限制了部下的积极性和开拓精神，且让部下养成了依赖心理，凡事只能向领导汇报，汇报了自己就没什么事了，领导也无从追责。也许这样的总裁并不是没有看到自己的弊端，但用人标准拘谨偏执，仍然没有做到唯才是举。这样的领导其内心有多苦多累，外人岂知?《三国演义》里司马懿对诸葛亮的评价有一句话：“丞相食少事烦，岂能久乎?”诸葛亮事必躬亲，一方面自己身心俱疲，另一方面也使下属缺乏机会，人才无法脱颖而出。这正如“大树底下不长青草”，大树把阳光都吸收完了，底下小草自然就恹恹无生气了。所以高层管理者要常常反省，要善于发现人才，给人才以机会，别让自己这棵“大树”截取了所有的“阳光”，导致团队无法成长，事业也就无法壮大。

【企业发展之路与挑战】

一个企业能走多远，面对残酷形势的挑战能否做出有效回应，其他外在因素其实都是次要的，最关键的是，看领导者有没有这样的基因和定力。领导者首先应该突破的不完全是市场，也不完全是竞争对手，而是自己，还有你的人脉和所拥有的人才。一个企业的正确决策是避免走不必要的弯路，但是怎样做到，那就是需要有效的制约措施来作保障，而且还要精于权变。该变不变是迟钝，不该变而变是愚蠢。变与不变，全在于领导者之权衡，变化之前应当先权衡自己，再权衡对手，再权衡市场及环境。一个企业之发展道路能走多远，在于领导者之眼光及权变之道。

## 【大我与小我的关系】

稳定及维持企业环境，让企业长足发展，光靠年年加薪肯定不是唯一彻底解决问题的办法。我们需要关注员工薪酬，更重要的是提高全体员工（尤其高管）对企业的认知。激发员工“我在为谁干”的思维，培育员工认为自己是在替自己干的认知，具有先有大我才有小我、“皮之不存，毛将焉附”的认知才是最重要的。

## 【杠杆与负债】

聘请职业经理人来经营管理自己的企业，并不是就万事大吉了。社会职业经理人之素质也是良莠不齐，没有多少职业经理人是绝对合格的。老板选择职业经理人时首先要考核的是经理人的专业素养，并考核其是否有理性精神。因为杠杆最大，到时候“负债”也最大。如果人品和能力没有达到那个位置的要求，德不配位，老板总有一天是要还债的。

## 【甄别人才】

领导者想要把自己的企业或团体经营好，一个核心问题是看你拥有多少实际管用的真正人才。如何去甄别人才，是摆在领导者面前的首要问题。一个人有没有才华，可以从他对所遇到的某件事的看法及处理上得以认识。但是一般的事情是难以识别人才的，实践中往往是“小事循例，大事请示”，小事有例可循，一旦遇到大事就连忙请示领导定夺，很少有人说出自己的看法及把处理方案附上供领导选择、参考。反过来，若领导者习惯于这种套路，则人才也就永远都无法脱颖而出。故考察一个人对事物的看法，既可观其见识、认知、思想、思维和思路，又可见其条理是否清晰，“少大言而多条理”，既可帮助领导者提高处理问题的效率，又可当作领导者甄别人才之工具。

**【赛马，更要相马】**

当今企业界慨叹现在人才奇缺，其实最缺乏的并不是人才，而是出人才的机制。中国改革开放以来，人才辈出，可所出之人才数量尚跟不上时代及市场的需求。人才也并非单靠储备解决得了的，更重要的是塑造。人人是人才，赛马不相马。无论是白马、黑马、红鬃马，可以不管其什么颜色，只要能上阵交锋的就是好马。是否是人才，不能靠领导的赏识，要用成绩说话，公平评价。这样的理念和机制如果能在企业里贯彻施行，将有助于企业消除裙带关系和官僚主义，提升人力资源的效力，到时候人才就在你的身边。

**【改造自己】**

优秀的企业家每时每刻都在接受新思维、新挑战，并且勇于改变，力求改造自己。不管时代怎样变迁、技术怎么变革，欲要获得成功，最重要的还是要改造自己。把自己改造好了，判断力非常敏锐了，才能去改造企业。

**【压力与崛起】**

压力与动力相生相成，伴随着你事业前进的始终。“桃李不言，下自成蹊”，是一个优秀领导者的自我价值。化解压力是竞争的需要，当沉重压力不期而至，领导者如何实现在压力中崛起，直面人生，脱颖而出？“遂能磨砺，以就素业；无履立者，自兹堕慢，便为凡人”。可见，能否在压力中崛起，在磨难中励志，是人生事业成败之关键，也是区别勇者与懦夫的重要尺度。有志者事竟成！

**【推动力是什么】**

只有找对人才能做对事，管理者需要培育自己的核心理念。因为合适的人选较少犯错误，而且他可以让你的计划实施产生更高的生产力和更大的推动力。更重要的是，这样的人能够独立地解决工作中出现的问题，使你的计划得以早日实现，并完成得“多、快、好、省”，事半功倍。

**【领导与领导力】**

领导和领导力是两个不同的概念。领导是一种职位，它可以被任命、指派或被选举产生；而领导力则是一种借助部下完成工作任务的艺术。领导力是一种号召力、凝聚力，是远见卓识、冒险与果断、激励与凝聚，构成了自信与权威。领导力也是激发部下跟随自己一起工作，以获取共同目标的能力。领导力是一种主观性的权威表现，以感召力来吸引他人投到麾下，它没有现成的优良物质条件可以凭借，只是与部下一起共同创造。可做的只是激励部下获取他们自己认为能力之外的目标，取得他们认为不可能的成绩。因此，没有领导力，也就没有执行力，没有执行力，所谓领导也就是一个不称职的领导了。

## 【阶段性目标与总目标】

当你设计了宏大的目标却屡屡又没有完成,究其原因是没有将目标进行阶段化分解,而是妄图一步到位,指望一役成功。在实际操作的过程中,要想实现最终的宏大目标,应当更注重你的行为是否在致力于解决现实问题,是否将所分解的阶段性目标锁定在切合实际的高度,并且判断自己有没有在做无用功,然后通过完成所分解的阶段性目标,一步步向最终目标靠拢,实现最终总目标。

## 【时间的公平】

时间对于每个人来说都是一样的,因为它公平,而不一样的只是每个人安排时间的方式不同。领导者如何使用好时间,与目标有关:组织的高效来自简洁;两个以上的目标若同时进行就等于没有目标。若能把这两个定律搞清楚了,那你的时间也就用合理了。

## 【领导者的责任】

管理的最高境界是领导者自动承担责任,思路清晰,把不可能的事情变成可能。能让部下把简单的事每遍都能做对,就是不简单的管理;能让部下把公认的很容易的事情认真地做好,就是不容易的管理。领导者承担责任不是问题出现之后,而是应该在问题出现之前。任何时候,管理责任都有一个定量,领导者若把责任都推给部下，把成绩归于自己，那么，部下就承担了过多的责任，领导者就没有做到承担相应的等量责任。试想，这会是一个什么样的局面？内耗！团队各自责，则天晴地宁；团队各相责，则天翻地覆，何去何从？

## 【管理人和事】

管理就是用适当的方法管好人和事。余者皆是管理者自身的问题。一个机关或一个企业存在的问题，大多数源于管理者自身及管理制度。从小处来说，管理就是沟通、沟通、再沟通，管理的精髓在于沟通的技巧和真诚；从大处来说，管理是思想哲学；从理论上是科学；从操作上是艺术。管理的主要技能是宽容部下所短，发挥部下所长。对不同的人采取不同的管理方法。把复杂的问题简单化，把混乱的事情规范化。

## 【归属感】

企业人力资源部总监难当，员工经常离职是最头疼的事情。究其原因主要有两点：薪酬没给到位，或心受委屈。这是人的本能反应。人的需求分为生理需求、安全需求、归属感的需求等。去尊重需求和帮助员工实现需求，是企业人力资源总监要处理和解决的问题。归属感的培养是一个长期的过程，需要培育员工对企业组织的观念认同和思想依赖，引导员工的价值观是要依附于企业组织倾向意识。所以，加强企业文化对人力资源的认知，实现员工的高度组织化和忠诚度，使员工认为自己没有必要离开企业，做到这样才是人力资源总监一劳永逸的战略目标。

## 【人格魅力与刺猬法则】

研究发现，刺猬在天冷时彼此都靠拢取暖，但却又保持一定的距离，这是因为要防止互相刺伤对方。这种刺猬法则用在人际交往中，将会产生“心理距离效应”。与人交往若要保持长期、稳定的关系，乃是要保持适当的距离为好。领导者若能学会运用刺猬法则，保持与下属适当的关系，既不高高在上，也不把自己混同于下属，在感情上便有彼此不分的效果，增强了人格魅力，得到下属的认可和景仰才是领导者的定位。

## 【企业转型升级与老板思想】

很多企业转型升级操作是表面上的，没有从根本上转型。因为人们都比较关注实际，注重产品与市场，指望财务指标直线上升，忽略了企业文化的转型。因此，要把企业与员工的关系从强制型转变为参与型，这样一来，就明确了员工要承担责任，为老板给予的权力行为有所担当。当然，承担责任也是一种双向的过程，经理人不仅要为老板负责，也要让员工明确主动去行使权力，做好本职工作。承担责任的劳动力是一种宝贵的资产，只有改变了全体员工的服务意识，明确了自己的责任和使命，使企业以前死气沉沉的地方产生新的变化，这才是根本的转型。

**【总管与总裁】**

一个只会管事的人只能叫总管，一个会管人的人才称得上是总裁。然看一个总裁是否称职，是要看他是否具备组织团队成员去完成任务或实现目标的能力。管事是一门学问，管人是一种艺术，总裁者要善于培养一群能够解决问题的人，而不是由自己去解决所有问题。没有管不好的团队，只有不会管的领导。管事先管人，管理的精髓在于三分管事七分管人，管好人心带好队伍，激发团队正能量，才是合格的总裁。

## 【正确管理】

人们都希望在企业管理中永远正确，不走弯路，然而现实是企业经营管理的决策，根本不可能完全做到正确，可是准确率才是企业经营管理战略的核心。管理越复杂，执行难度系数越高，准确率也就越低；然管理越简单，越容易执行到位，准确率也就越高，其成本也就越低。所以，在企业管理中，只要正确管理，管得少，才是真正管得好。

## 【多元化与专业化】

企业经营是日新月异的，绝不可守旧不变，必须适应时代和市场的变化向前迈进。多元化经营有时候可以存在，但是原则上专业化才是正途。尽管多元化与复杂、专业化与简单之间并不能画等号，但将这一观点用在企业管理上，对当前经济形势下企业的生存颇有指导意义。

## 【用好人才】

“知人善任”的核心内涵应当是一个人的人品。重视人才是市场经济社会最需要的。人才由智慧、能力、人品三要素组成。智慧代表谋略，供决策者参考；能力是执行某个任务时的操作过程，代表推进工作的力度，完成使命，获得成功。但是到最后如何固守阵地，保护成果，还是靠人品，因为人品才是持久的影响力。知人善任，放对位置。这是管理者放之四海而皆准的理论基础。然说得容易，实施却难。千里马到处有之，但伯乐难求。如何当好伯乐乃是管理者的大学问，把人的智慧发挥到极致，懂得不同的人适合不同的位置。要善于区别不同的人才，在平凡人的身上发掘与众不同的潜质，然后让他们在适合的岗位上发挥出最大的功效；反之，把人才放错了位置，最好的人才也会变成庸才。

## 【总目标可以板块化】

分割目标是为了确保总目标实现的保险理论。目标设定后，花一些时间来分析、评估、修正自己的目标是很有必要的。把一个宏观的目标分解成若干个小板块，然后再把它切割成小目标，这样，能够更清晰、更专注、更有力、更有效地去执行这些小目标。同时，将注意力集中在一个个可以实现的具体目标上，并确保每个目标都能够圆满成功，且保持了连续不断的动力。到时，把所有的小目标连接起来，加以梳理，优存劣汰，就形成了一个愿景总目标的实现。

# 教育篇

## 【教育的基因】

一个人最好的教养，是能够原谅和包容父母的不完美。子女即使不完美，在父母的心目中却都是完美的。这就是社会对“百善孝为先”的认知缺失和谬误。父母与子女这一场人世相逢，走到一起，是用来相亲相爱，而绝不是相恨相杀的。生养之恩无论怎样总是大于一耳光的仇，宽容父母的小过错，原谅他们的不完美，是人类最基本的德行和修养。呼吁年轻一代应当懂得父母身后苦，懂得父母世道难。所有的爱来自教育，则爱莫大焉！

## 【教育与修养】

蔡元培著的《中国人的修养》，其核心之意是：决定孩子一生成败的不完全是学习成绩，而是健全的人格修养。要想教育孩子走向优秀，首先应该改变的是父母，而不是孩子本身。改变孩子，首先得改变父母自己的教育观念。为父母者应该帮助孩子建造一个良好的人生平台，让孩子有个很好的人格修养、做人标准，懂得成功和成就的真正含义，培养孩子主动创造乐观而积极向上的态度。对孩子没有适时鼓励，只有批评，乃是最愚蠢的教育方式。其实，对孩子只要培养其直面挫败的勇气就够了，留点余地让孩子正确认识自我，哪怕从错误中学习也会有所收获。

## 【父母的天职】

一个人在年轻时是备受艰辛，还是享尽奢华，对其后来的人生道路影响巨大。这两种生存状态可能会导致不同的前途。一个致力于追求自己的人生目标的人，虽经艰辛，总会找到属于自己的机遇，把自己的潜能发挥到最大值，获得成功；一个一味追求奢华的人，即使机遇光临身边也会熟视无睹。所以，教育子女走向何方，是做父母的天职。

## 【沉淀】

读书为了求知，而知识的储备，不是为了炫耀，而是为了让自己说出来的话言之有物，直指核心内容，表达的方式及词汇也简明扼要，使听者舒服。当然，说出来的话只是冰山一角，海面以下乃是长年累月的学识沉淀。懂的，不隐瞒；不懂的，不妄言。清晰的逻辑，能让对话者快速理解你表达的思维方向，使交流的效率倍增。知识丰富了，沉淀多了，说话就更有条理，先表达主干思想，再展开细节描述，一二三摆开，使听者很快领悟，同时也就拉近了距离，让人乐意接受你的主张。值得注意的是，你在表达的同时，首先要思考对方想要达到什么目的，切勿离题太远，夸夸其谈，更要了解对方的认知范围，采用他能听得懂的词汇，倘若对方只能听懂“下里巴人”，你切勿老唱“阳春白雪”，变成了事倍功半。

## 【最佳的教育方式】

当家长的如果只是一味地注重孩子分数，也未必赢得了未来的大考；然而学生缺少分数，却又过不了今天的高考。这的确是个矛盾，一方面，分数线是唯一的升学标准，必须努力争取；另一方面，分数线也不是教育的全部内容，更不是教育的根本目标。

最佳的教育方式应该是培养孩子终生有正确三观、有责任担当、能够解决问题，给孩子树立健全而优秀的独立人格机会。好的教育应当让孩子成为更好的自己。今天孩子的全面素质就是国家未来的整体实力。改革开放以来，通过大浪淘沙，涌现出多少精英，开始时他们也没有高学历，有的只是智慧和智能，但他们创造了神话般的奇迹。所以对孩子正确的教育认知，不能单一追求分数，而是关注孩子德、智、体、美、劳全面发展。

## 【格局与孩子的关系】

父母的格局，能决定孩子飞多高、走多远。心理学家研究的结论是：孩子在12岁之前，往往会把父亲当成自己的偶像，甚至崇拜，当成智慧和力量的象征，会下意识地去模仿父亲的行为方式；在心智成熟之后，会努力去抵达或超越父亲的高度。做父亲的一般不会溺爱孩子，只给孩子指明方向。而做母亲的不一样，因为从婴儿开始，孩子就在心理上对母亲有一种独有的依恋。因此，母亲的行为举止、思想品德，直接烙印在孩子幼小的心灵上。孩子道德品质发展的源泉大部分在于母亲的智慧、情感和内心的激情上。孩子的人格如何发展，取决于有什么样的父母。“龙生龙，凤生凤。”你有怎样的教育方式，就会养育出怎样的孩子。

## 【学校、社会、家长】

当家长的把孩子送到学校后认为交给老师就可以放心了，变成一种托管，自己可以高枕无忧了。殊不知，教育是学校、社会、家长三方的共同责任。教育孩子也有保质期，在孩子需要你教育的时候，你一味地忙于工作挣钱，不重视孩子的成长过程，等孩子长大了，不知所以，你积累一辈子的钱可能不够他败家一年；反之亦然，你若重视孩子的成长过程，孩子优秀了，你一辈子没挣到的钱孩子一年或许就挣到。对孩子教育的时效性是有限的，错过了就再也回不来了。孩子出息了，你留钱做什么？孩子没出息，你又留钱做什么？因此，教育孩子的目标，不是把财富留给孩子，而是把孩子变成财富。

## 【贵族与家风】

一个家庭的家风优良、高尚，虽穷亦发。一个人的品性如何，看他的家风便知一二。然家风看似无形，实则时刻都在影响着每一代孩子，在历经代代传承打磨之后，才成为一个家庭最牢固的基石。家庭，乃是人生最初之学校。人一生之品性，万变不离其宗，大抵根植于家庭之中。家风正，乃是由父母言传身教影响下一代，良性结果不断传承，即使再穷也能发家。贵族，需要三代人及以上的修炼而成，非一时一事可成就者。你的一言一行，其实都在潜移默化地影响孩子的三观、人品、修养，就像一面镜子，显示出他们最真实的模样。是故，家风乃是家族幸福和发展的根源，也是能否成为贵族的铺垫。万贯家财，不如良好家风。家风端正，福祉自会到来，世代相传，长盛不衰，然后有望成为贵族。

## 【和孩子一起成长】

当前，人们除了关注自己的发展以外，越来越注重孩子的教育。但当孩子问及父母为什么要让我上大学这个问题时，当父母的大都不知所措，只是泛泛地告诉孩子上大学后好找工作就业。试想，孩子原本已经被现在的作业压得喘不过气来，当听到这样的回答还能有考大学的动力吗？回顾我们自己走过来的路，对于上大学的认知应当改变：上大学最重要的收获就是一种经历，通过这种经历，让你明白你该成为什么样的人，你该有什么样的能力，你该如何看待这个世界。另外，大学也是一个人生奋斗的平台，同学及朋友将是你未来人生事业中的宝贵财富。大学环境可以锻炼你的独立性，同时让你看到自己的不足，更加努力地完善自己。新时代了，父母唯有和孩子一起成长，给孩子灌输正确的认知，让孩子自动、自觉发掘上大学的兴趣，事半功倍。

**【呵护的结果】**

动物自有本能的育儿方式，在幼崽很小的时候，会百般呵护，以防夭折。当幼崽长大些，就毫不留情地赶离身边，让它们独自

去经历风雨，练好生存本领，甚至不给孩子回头路。虽然残忍，但此举可以让孩子经得起任何风雨袭击，绝处逢生。中国家庭“再苦也不能苦孩子”的这种价值观必须要纠正了！否则，惯子如杀子。再富，也不要溺爱孩子。

## 【谈读色变】

人越是浮躁，越容易忽略对孩子的管教。现在的孩子越来越聪明，津津乐道于文化程度不高但事业有成的名人，用来堵住家长们苦口婆心的教育：“看人家不用苦苦读书，不是照样成名？”于是，一与孩子谈读书，谈吃苦，即谈读色变。殊不知，读书虽然不能给我们直接带来更多的财富，但可以给我们带来更多潜在的机会。我们千万不要让孩子在该读书的时候选择放弃，一定要让孩子在该读书的年龄段里珍惜和努力。孩子不去拼一份奖学金，不去经历严酷磨练，整天玩QQ、刷微博、逛淘宝、玩网游，还要青春干吗？！十年的放纵，可能换来的是孩子一生的卑微。当父母的不可推卸鼓励孩子读书的责任。

## 【虎妈与狼爸】

中国社会，大多数家长都在为孩子当保姆。家庭生活富裕了，便尽量满足孩子在饮食、服饰、玩具、用品、娱乐等方面的需求，悉心呵护，变成了溺爱。家长对孩子的职能只有单纯的养，没有了愿景理想的育，从而也变成了三流的父母。三流父母只能当保姆。二流父母可以是教练，采用各种手段，逼迫孩子学会多元技能，让孩子优秀，便成了虎妈和狼爸，或导致孩子精神崩溃。而一流父母却是会从孩子的角度来看问题。引导孩子合理安排时间,培养孩子独立思考能力,灌输高远思想,解释人之智商有高低,但努力可以不相同。让孩子看到愿景,看到希望。

## 【孩子需要快乐】

一个孩子在成长过程中能否变得优秀,家庭教育占有重要地位。当家长的如果意识到自己居然有如此大的影响力,那么,不妨制订几个指标作为突破口:一是随时培养孩子对知识的热爱和渴求;二是建设孩子的品德和人格魅力;三是提高孩子面对挫折、失败的自救和挽回能力。不要唯成绩论,要着手鼓励、激发孩子的潜力,尤其教育孩子懂得真正的幸福不是靠别人给的,而是完全由自己努力争取来,培养孩子快乐生活的心态。积极帮助(而不是训斥和责骂)孩子成长比渴望孩子直接成功更重要。

## 【看书法,成修养】

书法乃是一门大学问,柳公权、颜正卿……王羲之,确是书法者之楷模。看书法可以看出一个人的思想和胸襟。字如其人。笔画极尖是其专精,工整整齐是其广识,笔划圆润是其敦厚,笔锋骄健是其风骨。此乃基本刻画,即使没有大的成就,亦已彰显其志。专精而不广识,难有大的创造;博学而不专精,便难集中力量;敦厚而无风骨,则易颓废;劲勃而不敦厚,则容易夭折。尽管现代不兴写字,更注重敲打键盘的熟练运用,但是书法还是仍然能够有效地激发人的思维创意,激活人脑的神经回路,表达出更多的创新见解。如是,将书法之德移植到人之德行,则可增进修养。

## 【培养孩子正确的消费观】

现代社会物质条件在孩子的成长及学习过程中发挥着越来越重要的作用。似乎没有物质做基础，孩子们就不能接受好的教育，没办法拓宽眼界。殊不知，知识的获取不仅是靠物质条件，还要靠学校老师的教导、靠自己的努力。从初为父母到含辛茹苦，每位父母的体验都是珍藏版回忆；从牙牙学语到功成名就，每个孩子的成长都独一无二。但是，满足孩子成长的物质条件，并不是越多越好，而是要严格监督，端正“三观”，同时，熏陶和教育孩子要有正确、合理的消费观，让孩子理解父母的钱来之不易，认识到自己成长的目的是什么。这才是做父母的责任。所以，即使物质匮乏，古代之“悬梁刺股，凿壁偷光”者最后不也是成功了吗？

## 【孩子的成长从家庭教育做起】

现代父母却往往恨不得让孩子赢在起跑线上，这种拔苗助长的思维行不通。唯有对失败多一些耐心，帮助孩子保持信心，才能赢得最后的成功。教育孩子成长，要从家长做起，严以管教，施以格局，引导孩子树立正确的人生观和价值观。

**【信念与乐学】**

教育是需要社会、教师、家庭三方面的紧密合作，缺一不可。学习的目的是掌握技能和创新、革新。古有“悬梁刺股”式的学习，但也有“学而时习之，不亦说乎”的乐学。所以，关键在于信念。但信念不能依靠空谈，必须由知识打造根基。因此，要有学而时习之的方针。家长和子女本是最紧密的利益共同体，每个孩子都有自己独特的见解，不存在普适的模式，可以一劳永逸地解决所有的问题。因此，要在尊重和理解的基础上去沟通，在呵护和严格的指导思想上选择，在犯错和纠正中不断调整。适时陪伴和关注孩子的成长，这样的尊重一定要比苛责好。

**【教育的使命】**

教育的使命就是为年轻一代提供一个良好的环境，使受教育者人性特质得到健康发展，成为人格健全的人。实践证明，自古至今，唯有人格健全的人才可能真正地幸福，真正地达到优秀。所以，由这样人格健全的人组成的社会才是真正和谐、生机勃勃的社会。让教育回归常识，回归人性。

**【独立能力与生存能力】**

中国改革开放为老百姓带来实惠，老百姓手里钱多了，理念也变了，有些人变得只懂得宠溺孩子，似乎并无其他目标。殊不知，父母的理念直接关系到子女的成长和前途。美国费城纳尔逊中学大门口有两尊雕塑，左边是一只苍鹰，右边是一匹奔马。雕

塑表达的不是我们耳熟能详的“鹏程万里”和“马到成功”，而是象征一只饿死的鹰和一匹被剥了皮的马。母鹰由于宠爱，没有教小鹰觅食的本领，于是小鹰只飞了四天就活活饿死了；而奔马不愿当战马，害怕战场的苦楚和生命危险，与驴换活干，结果主人发现马皮可以做皮革，于是马被剥了皮。虽然这种教育启蒙很残酷，但孩子缺乏基本的独立能力和生存能力，不懂感恩，无论他日后有多大的才华和成就，其人生道路都不会走得太远。

### 【机会都是给有准备的人的】

无论什么社会，父母的位置可以决定孩子的人生起点，但人的起点不同并不意味着其人生结果不同。机会永远都会不平等，但结果却可能是平等的。历史上，白手起家的人物事例很多，然而，也有无数富二代拥有优势却走向没落。家族荣耀与成功的历史，不能保证其子孙后代的未来美好。因此，要给孩子灌输个人奋斗精神，培养独立能力和正确的世界观、人生观、价值观。这些教育应当从孩提时代开始。美国前国务卿赖斯小时候随母亲逛街，问母亲大酒店的门卫为什么对西装革履的白人恭维有加，而见到黑人就将其赶走。赖母答曰："美国歧视黑人的制度一时无法改变。你要想改变这样的命运，必须从自己做起。你要获得平等，你要比白人多十倍的努力；你要想获得社会更高层次，你得要比白人多付出二十倍的努力。"于是，赖斯发奋读书，最终成功了。对孩子要多强化这样的观念，而不是过分呵护。起点会影响结果，但绝对不会决定结果，从孩提时代到成年的阶段，孩子变好变坏全在于父母的影响。在人生奋斗过程中，一个人只有在思想、智慧、能力、态度、抱负、性格、手段和经验等方面认真做好准备的情况下，才会有赢得成功的机会。

### 【孩子的创造力】

做父母者皆望自己能更多地为子女带来幸福，然而子女真正的幸福是父母给培养了创造生活的能力。父母要看到孩子的力量，培养孩子拥有力量，而不是直接给予现成的东西。孩子自己如果缺乏创造能力，父母给予越多，反而会助长孩子的贪欲，削弱了孩子的创造力量。

### 【孩子也需要大人尊重】

教育孩子也要因人、因时而异，如果父母对孩子一味地处处呵护，关爱备至，那就极易造就外表极其光鲜、内心非常脆弱的花

瓶式孩子。那是一种溺爱，祸害匪浅。孩子也需要学会适应“不完美”的社会现实。家长首先要有正确的教育思想，给孩子足够的尊重和信任，不再为孩子拟定模式、事事为孩子作决定，克服自己封建的“家长欲”，留给孩子一点适当的自由和“野性”，活跃孩子的心理状态，效果可能会更好。过多的关爱，只能是削弱孩子的自信心。正确的引导比过度严苛的教育更有效。

### 【孩子需要自由成长的空间】

父母是孩子的第一任老师，其影响力胜于学校教育，应当学习科学的养育知识，有与时俱进的新观念和新理念，并以身作则，给孩子树立好榜样，潜移默化，影响孩子。这是学校教育难以全面普及的，所以，要由父母来继续承担。反之，对孩子从小到大，绝对呵护，一手包揽，自以为是地疼爱，或者片面地苛求成绩，只有批评没有鼓励，没有给孩子自由成长的空间，或是在不良的环境里放任自流，试想，这样环境里的孩子让他成为好孩子的可能性有多大？有一则小故事，儿子问父亲是不是世界上当爸爸的都要比儿子懂得多？父亲答：那当然。儿子又问：那爱迪生发明了电灯泡，为什么他的爸爸不早点发明？父亲无语。所以，家长自身的素质、认知很重要。

# 人生篇

## 【人生使命】

年轻时，总是自诩自己心有多大，世界就有多大；自信海阔凭鱼跃，天高任鸟飞。幻想着理想有翅膀，把诸多希望规划在追求的目标中，一览众山小，山高我为峰，挣扎去实现心中的梦想。到了中年，才发现自己真是可笑至极，那么不知天高地厚。进入老年阶段，一切更看淡了，世态竟然那么炎凉，但也不要沮丧。人可以有傲骨，但不可以有傲气。历练，是厚重的付出，是一种与人与事碰撞的成熟。有了历练才可以昂首挺胸地走向辉煌的前方。只有完成了你的人生使命后，才可以回过头来总结，不留遗憾！

## 【人生的演变】

人生如戏，主角永远是你自己。不管你有多光鲜亮丽，还是平淡无奇，是非成败转头空。脚下的路还要继续，因为还有太多的担当在等着你。人生如书，每个人都在书写着各种不同的经历，书写着生命承载的苦乐悲喜。为了目标，苦思冥想；为了完美，匠心修饰。忆当年，我来不及认真地年轻，因为我的境遇不正常，但我有足够的毅力和抱负，而现在，可以选择认真地老去，思考着做点什么。对酒当歌，人生几何？在这短暂的人生行程中，不要被套上枷锁，没有飞翔的翅膀就要控制住自己的欲望，活好当下，选择正确的路，走出自己的特色，走出自己的风采，走出自己的魅力。

**【成就与界限】**

人生道路的奔跑，不在于瞬间的爆发，而在于途中的坚韧和坚持。限制人们发展的不是智商和学历，而是你所处的生活圈子和工作环境。人生到了45岁，倘若还未见有什么成就，那你就一定要唤醒自己了，要认真检查自己存在的缺陷和不足。所谓贵人相助也只是开拓你的眼界，带你进入新的世界，指点迷津，鼓励你走向新的进取。但不能依赖，因为这个世界没有人可以取代你的人生过程，路还得靠自己走。即使累了，也不能停下脚步，如果放弃了，那么，你就什么机会都没有了。仍然要用一颗美好的心看世界，世界就会张开双臂拥抱你！

**【掌声与成长】**

你若不与世争，就把自己看成是小草。虽然普通，却也有自己的个性；虽然渺小，却有自己的颜色，坚强地生长。虽小，心胸开阔；虽弱，内心坚强，开不了花，依然不放弃生命，结不了果，依然努力活着。在平淡中活出自己的性格，在雨水下彰显自己的坚韧。做人如草，是活给自己看的。没人鼓掌，也在努力成长，发掘自己的潜质，冬去春来，又可蓬勃生长。不需要人人都能理解，只需自己站得正，行得端，虽然无法与大树争高低，难与花朵比美丽，充实自己，坚定不移做小草，也可以活出自己的坦荡和无畏。一切都靠自己去造就，快乐是自己给的，幸福是自己经营的，成功是靠自己努力的。

【完美与不完美】

人生从来都不可能完美，若能承认自己的缺点和错误，才会看得到自己的不足；反省自己的言行，才能提高素质和修养，完善自己的人格。一个人的高度来自道德人品。能够帮助他人、奉献社会、赢得社会的认可，那么，你也会为自己带来人生福祉，还可传承给下一代。一个人若做不了命运的主人，那就是命运的奴隶，随波逐流，只能是一个平庸之人。这个世界从来不缺美好，缺的是如何发现美好的眼睛。读书是人类进步的阶梯，为了自己具有发现这个世界美好的眼睛，只有多读书，多积累知识，看到的是更大的世界，提升的是自己的眼光和格局，修养的是自己的心性。一个人的修养，不是你索取了多少，而是你奉献了多少，为这个世界发了多少光和热。这是一个日新月异的时代、知识爆炸的时代，不进则退。如果你能够以书为梯，那么，你的人生一定会达到新的高度。

【成功方程式】

人生命运是掌握在自己手里的，越早找到方向，就会越早走出迷茫的困惑，提前取得成就，体现人生价值。人生的受挫，往往是由于自身的不足和盲目求成造成的。怨天尤人解决不了任何问题，与其消极等待崩塌，还不如积极拼搏，重新寻找方向。人生命运绝不是天定，它并不是在事先被铺设好的轨道上运行，而是根据自己的思想和意志，把命运变好或者变坏。实践证明，一个人处事的动机是善意的，目标是正确的，事情自然就会朝着好的方向发展；反之，如果其动机是自私的、邪恶的，那么，不管有多少努力，事情就会变得倒行逆施，甭谈顺利推进。人生最重要的是，必须让思维方式始终保持积极、美好、正向、健全和健康的状态，来施展你的才华，否则，一切都等于零。

## 【情商与智商】

智商，已经是现代社会人们的共识，一个高智商的人可以在某个领域获得很高的奖励。但决定人命运的不是智商，而是情商。凡成功一件大的事情，智商只占30%，而另外70%是靠情商完成的。智商，一部分是天生的，一部分是后天补充的；情商却是在智商的基础上，通过工作与生活的实践，积淀经验，取长补短，充实自己，谦虚谨慎，先看到自己的不足，让别人评价你是否优秀。一个人如果智商很高，却缺乏情商，那么只能独处，要成大事也只是偶然或暂时的。而一个高情商的人，愿意站在他人的角度，拿出容人之量，始终用善意对待人和事。读懂了智商和情商的区别，可以得出一个结论，就是凡所有建功立业，需要智商更需要情商。

## 【奉承与批评】

莎士比亚说："一个人宁愿听一百句美丽的谎言，也不愿听一句直白的真话。"这个世界不缺美丽的奉承语言，缺的是那种宁可得罪你也要对你说出你的缺点、不留情面、让你难堪的语言。可是，只有明白人才懂得对自己直言不讳的人之难能可贵，忠言逆耳，良药苦口，他在逼迫你去突破自己，让你蜕变。这样的人不多，遇上了一定要珍惜，是绝对不可错过的贵人。

## 【成长到成就】

当婴儿呱呱落地，便开始有了生命，然后逐渐长大。先求生存，再是生活。生存是生活的基础，有了生存，才谈得上生活。生活是生存的价值体现，也是升华，直到成长成材，这是人类的良性循环。人从成长到成就，是要分阶段的，又会彼此相连，第一阶段是从书中看世界，探索人生出路；第二阶段进入社会，开始寻求发展方向；第三阶段从组织小家庭融入社会，拿到入场券；第四阶段从社会回归家庭，拿到长明灯。在这之中，各有艰辛，各有风景，美妙绝伦，这就是人生常态。所以，我们不光要活着，更要活好。通过定性、知事、选向、遇人、成就到终老。从不颓废，不能消极，自己悄悄酝酿着乐观和洒脱、豁达和大度，奔跑在理想的大路上，奔向诗和远方！

## 【素养需要自律】

这个世界为什么对好人的要求要比对坏人的要求严苛？当你被称为“好人”，那么，你必须做到完美无缺，社会会把所有的道德枷锁戴在你头上，哪天你要是有一点点没做完美，你所有前面的功德都会遭到唾弃。而坏人却不一样，由于前面长期干的都是坏事，只要做出了一件好事，就被大家认为改邪归正而捧得非常高。须知这个世界没有无缘无故的爱，也没有无缘无故的恨。人与人最直接、最健康、最长久的关系，应该就是互相成全，而不是牺牲一方成全另一方。尽管对天发誓的爱情值得珍惜，事实上，真正爱你的人，一定会先爱好自己，经过百般努力成为你喜欢的模样来打动你，而不是打着爱的旗号去要挟你，满足自己。生活中，我们总以为人的自由度越高，社会也就越公平，其实不然，当人的素养还没有到达一定阶级，还没学会自律的时候，就会被背后各种利益奴役或操控，于是便失去约束，酿成灾难。

## 【修行】

人生重要的修行，不仅是要让自己出类拔萃，还要跟出类拔萃的人在一起。看一个人是否优秀，只看他身边的人也就可以了。所以，要努力让自己活在君子堆里，虽然这些人未必天天在你身边鼓掌，但绝对不会在你前进的路上挖坑，并且会不遗余力地指引你走向人生正确的轨道。有了这样的修行，再用心去钻研事物，放远目光，不懈努力，就能把事情做到极致，从而更加优秀，走向卓越和成功！

## 【勤奋与幸运】

《周易》有云："天行健，君子以自强不息。地势坤，君子以厚德载物。"意即人生不仅要自强，而且还要厚德。真正能够让你走远的，是自律、积极和勤奋。天道酬勤，春华秋实。当你勤奋的时候，越努力越幸运。这个世界，没有人能够随随便便成功，皆靠自己的勤奋努力而成功的。

## 【不平凡从平凡开始】

人生幸福都藏在平凡的烟火里，生而平凡，并不可耻；而若自命不凡，那就是可怕。春夏秋冬，轮回交替，此乃自然规律，而人生自有定律。人之欲望是永远都无法满足的，唯有知足，才能无忧；无忧，才能心静；心静，才能自在；自在，才能发自内心的快乐！别人怎么看待你，不重要，重要的是你自己怎么端正三观，把握方向，积极前行。有人群，就有江湖，把自己的生活装点好了，活得就幸福有加；把自己的身体打理好了，活得就有健康保障。余生不长，修得一颗平凡的心，就是人生走向完美境界的阶梯。

【转折点】

人生的成就，不在于你的起点，而在于你在奋斗的同时是否坚持，心在哪里，结果就在哪里，一切在于自己。人生的精彩，要靠自己去书写；生命的辉煌，要凭自己去创造。现在时兴一句话："不忘初心，方得始终。"却少有人懂得：初心易得，始终难守。做任何事情，难在坚持，也贵在坚持。现实有多残酷，你就该有多坚强。滴水穿石，其实并不是水自身的力量，而是重复坚持的力量。那么，重复的能量，应当不是相加，而是相乘。有路就要大胆去走，有梦就要大胆去飞翔。人生的每一刻都是在为明天铺路，逆风的方向更适合飞翔，这是挑战，恰也是机遇。

【心大与心小】

生活中，没有谁总能顺心如意，人总是会遇到一些困难、挫折或打击，也注定会有一些让你讨厌和生气的人和事。当面对不如意时，有人崩溃、怨怼、一蹶不振；可有人则平静、微笑、泰然自若。这就需要一个人的修养和内涵的充实，心大而事就小，心小则事就大！能够理性处世的人，并非因为他们遇到的事都是小事，而是因为他们修炼了一颗强大的内心。一个内心强大的人，总能够笑对人世间的一切不平，让自己茁壮成长，不断优化，将人生经营成最美好的景象。

## 【做人的姿态】

人的一生要面对许多困难和挫折。只有放低姿态，低调做人，才能获得平静，才能承受人生中出现的各种苦难。低调做人是一种品格、一种智慧、一种谋略，是做人的最佳态度。宽容于人，才能为人所接纳，所敬佩，直至景仰，这是立世的根基。所以踏实做人，谨慎做事，平淡的生活就会升华为不平凡的人生。

## 【观众和知己】

现实社会，接触到的人和事很多，来来往往，却只有极少数可以成为知己，大多数都是观众。观众只是一个旁观者，笑看你起落沉浮；而知己才是你人生的参与者，分享你的快乐、分担你的痛苦。肤浅的人要的是观众，为了捧场；成熟的人要的是知己，成为灵魂深处的陪伴。生活中，我们需要观众，更需要知己。人生若真正得一知己，千万要珍惜！

## 【让步也是一种尊重】

在现实社会里，人们总是把利益看得很重。殊不知，让步不是无能，而是尊重；让步不是懦弱，而是修养；不是畏惧，而是包容；不是没用，而是品正。其实，所有的让步，并没有吃亏，反而会得到更多，就看你有没有这个气度。当然，让步在开始时或许会吃亏，但能赢得人心，树立人格魅力，再徐图发展。成熟而成功的人之重要信条就是用让步得到真心朋友；用让步换来事业有成，走向幸福人生！

## 【化解障碍】

人生不简单，但我们却要简单过。我们都生活在一片阳光却又纷繁复杂的世界中，总是会面临着一个又一个的难题，当它们摆在面前，等着去解决时，面对一张张大网般的生活，我们总是觉得自己力不从心。其实，人生有很多种活法，就看你怎么选择。你若选择了计较，表面上看你是在努力奋进，实际上你却觉得在自己前进的路上障碍太多，精神也就会天天紧绷，活得心累。被执念所困，也就会把原本简单的事情搞得很复杂，你也就越干越累。其实，这个社会很公平，只是你把简单的事情复杂化了。纠结了，读读陶渊明五言律诗："结庐在人境，而无车马喧。问君何能尔，心远地自偏。山气日夕佳，飞鸟相与还。采菊东篱下，悠然见南山。此中有真意，欲辩已忘言。"在现实生活中，我们若能看开人生，看淡人生，生活就会散发出迷人的气息，提示你冷静下来，简单大方地生活，你一定会展现出与众不同的精彩。

## 【平台的伟大】

人要想成功必须有一个平台。若让一个著名的歌唱家站在马路上唱，哪怕唱得再好听，人们也可能不屑一顾。无论你怎么努力奋斗，失去了平台，你都很难展现才华。人生因梦想而伟大，因团队而卓越。《西游记》里的唐僧经历了九九八十一难，终于成功，他有信念为先，也得靠如来佛和观世音等加持，所以信念+平台+后盾力量是成功的必要条件。

## 【吸引力】

人生切不可故步自封，遇到性格与自己不合的人，尤其要耐心相处。学会和不同性格者相处，悉心打造自己的人脉圈，慢慢会发现做什么都会有人相助。道理很是简单，或许人人都懂，问题是如何融洽相处。第一，承认自己与人有差别，不强求对方；第二，求同存异，找到共同点，让人舒服；第三，让人信服你的大方向是正确的，自然会向你靠拢，你的吸引力会越来越大，你的人生之路也就会越来越宽广。

## 【追求思想的突破】

人这一辈子，困难或麻烦乃是常态。面对困难和麻烦时，采取什么样的心态，就会过什么样的人生。在纷繁复杂的情境下尚能突破，才是真正有水平的人；在狂风暴雨来临时，还能站稳脚跟，那是更高水平。在现实生活中，看一个人命苦不苦、生活得好不好，并非以有钱没钱来衡量，也不是以他人的评判作为参考。人生本就短暂，无论怎么过，都是人生。最重要的是，你选择的生活方式，是不是能让自己开心、有价值。价值和开心才是你衡量自己内心有多少幸福感的标准。经典《围炉夜话》里讲："人之一生但足衣食，便称小康。"人们还要追求思想、抱负、事业和丰富多彩的生活。所以，幸福这个词语若真下一个标准定义还是较难的。

概括起来，身体健康、心中豁达、有知己二三以及拥有淡定从容的人生态度，人生应当是富足而美丽的，也就是幸福无比了。

## 【成功的衡量】

人人都想成功，可究竟什么样的人生才算成功？虽然见解不同，但有一点是相同的——无论你所追求的成功是什么样子的，想要实现，都得需要不懈努力和奋斗。虽然并不是所有的付出都有回报，但如果不付出，那么，可以肯定，绝对不会有回报。“心不唤物，物不至。”只有自己内心渴望的东西，才能将它呼唤到可能实现的程度，所谓心想事成。可见，做任何事情，首先是想，人的行为受大脑驱使，由心灵掌控，有了某种强烈的愿望，才会想方设法找到实现愿望的途径，于是成功也就越来越近。

## 【强者不一定是胜利者】

强者不一定就能成为胜利者，但胜利最终会属于那些有信心的人。信心决定人的成败，也能主宰人生。信心对于自我发展以及最终能否成功具有重要的影响力。人生有如一场竞赛，有人笑在开始，有人赢在最后。赢在最后者是一定具有十足的底气、积极的心态。

## 【心态】

广厦千间，夜眠不过一床；珍馐百味，日食只需三餐。人皆喜欢长寿，而长寿秘诀其实简单——一个良好的心态足矣！人生在世，开心与否，往往就是心态问题。事物皆有两面性，如果你总是

只看到坏的一面，你就会变得越来越消沉，充满负能量，一切都是事与愿违。知足常乐，无疑是一剂心灵良药，它告诉人们在纷繁复杂的生活中要保持一个良好的心态。“药疗不如食疗，食疗不如心疗。”再好的药不如合理膳食，而再好的膳食也不如拥有好的心态。心态是你的主人，人无法控制自己的遭遇，却可以控制自己的心态；不能改变别人，但可以改变自己。一辈子很长，必须要学会自我调整，释放压力，在不容易的日子里寻找乐趣，把压力变成动力，把不容易变成容易，心态自然也就好了。

【认清自己】

每个人都想活出光彩的人生，让自己不断变强。然而，在变强的过程中，要认清自己。人的强大皆从认清自己开始。懂得适时沉默，不仅是人生智慧，更是强大的开始。人在沉默中积攒力量要比张扬冒进有效。在独立思考和学习中才能积淀和进步，才能厚积薄发。人生最可贵之处就是要有自知之明，这是认清自己的前提，明确自己想要的是什么，不能要的又是什么，这是成功的第一步。只有深刻地认清了自己，才能选择正确的方向，迈向成功。

## 【水的智慧】

古云："上善若水，水善利万物而不争。"又曰，君子如水，随遇而安。可见水之智慧之大。但值得思考的是，水为什么都是向下流，而且一遇障碍绕着走。如果把水的智慧运用到生活中，就回答了一个问题：你不能改变环境，就要像水一样去适应环境。你不能改变别人，你就要改变自己。如果你改变不了已经发生的事情，那么你就得改变看待事情的态度。水代表变化莫测。只有懂得变化，善于变化，才能获得最终胜利。

## 【友谊与巩固】

当今有一种现象：朋友一起走着走着就散了，处着处着就淡了。究其原因，不是同一个频道的角色，无法走到一起——三观不一致。人与人之间的长久友谊在于心灵的感受与认知的契合。有必要做到相互信任、相互理解、相互学习、取长补短，促进友谊的升华。虽然很难做到处在同一个水平线上，但总是可以拉近三观认知，那么，友谊也就无形地在巩固，越走越近，而非越来越远。

## 【眼光与独立】

没有经济上的独立，就缺少自尊；没有思考上的独立，就缺少自主；没有人格上的独立，就没有了自信。可时光就像一个筛子，还要经得起过滤。这个社会不会因为你的流泪，为你降低标准，没有人心疼你的泪水。相反，只有残酷地检验你是否够优秀，能有多大成就！善良和爱都是免费的，但不是廉价的，因此，善良需要带点锋芒，但更要理智。一个人要有足够的气度，才能容忍生活中的酸甜苦辣；一个人要有长远的眼光，才能看开人生里的暴风骤雨。人生道路就是一张清单：你要的和不要的、你可要的和不可要的，皆规矩分明，看你选择作茧自缚还是破茧成蝶。然人生道路乃是一条悲欢交集之路，路的尽头一定有重大礼物，就看你配不配去得到。

## 【层次与深度】

生命就是一段人生旅程，短暂且珍贵。所以，尤其要珍惜时间，把时间用在有方向、有目标、有境界、有品位、有情怀和有激情的事情上。无须取悦市俗，修改自己本色。人人面对不进则退的现实。如果层次不低，但深度不够，那就变成了头重脚轻，焉能前进多少？虽然无法做到从凡至圣，励志一生，但总要面对现实，端正三观，走向人无我有的正确方向！话不在多，稀言则贵。

## 【畏惧也要继续起航】

勇敢的人，并不是不落泪的人，而是含着泪水继续奔跑的人。人生路上，可以暂停休息，但要永远向前。生活如日升日落，有高峰、有低谷，皆属常态。强者绝非天生，只是因为有了追求，才让自己成为人们眼中的强者。人活着，就要活得有精气神，要相信努力就有意义。没有挣扎磨炼，何谈成功？生活不会辜负每一个努力的人，当你向前的冲劲足够强烈，全世界都会为你让路。只要你方向正确，永不认输，此时你已经赢了。生活中，真正的勇敢，不是没有害怕，而是带着畏惧也要继续扬帆起航，勇敢走到底，只要坚持努力，世界一定会给你惊喜！

**【我不完美，但我真实】**

人生可以不完美，但一定要真实；生活可以不富有，但一定要快乐！世界很大，个人很小，没有必要把一些事情看得那么重。艰辛的生活、繁重的工作量，已经让我们很苦、很累了。但是不管多苦多累，要学会能扛，能担当，曙光就在前面。生活，不会因抱怨而改变；人生，不会因惆怅而变化。用自信的脚步，坚定自己的选择；用平常的心态，经营自己的生活。

**【美丽原来是长跑】**

人的心态是不唯年龄论的。一个人心态若是年轻，人体的免疫力也会随着年轻化，人体的各个器官也都会协调稳定。要接受自己的身体状况，更需接纳自己的灵魂，不浮躁、不焦虑，淡然静默，调整心态，此乃健康之保障。美丽是一场长跑。它不属于某个年龄段，而是你的整个人生过程。即使早生华发，容颜迟暮，也要看得远些，静守灵魂深处的那份美好。在有限的生命里，想想为家族、为社会多做点什么，既取悦自己，又可培养心态，选择一种积极乐观的生活方式，唯年龄论也就不攻自破了。

**【境界决定你的高低】**

“路漫漫其修远兮，吾将上下而求索！”匆匆岁月，风雨兼程。人生是一本书，只是厚薄之分和深浅之别。有的人高调展示自己,有的人默默写人生。每个人都是自己的编导,又都是自己的读者,成悲成欢,全凭自己掌舵!生活本来平淡如水,多一点爱,就能少一点恨。放盐会是咸的;放糖便是甜的;放咖啡即是苦的;放茶那就香的。想调成什么味道全凭你自己的觉悟。胸襟决定一个人的气度,境界决定一个人的高低。人心就是一个容器,装的快乐多了,烦恼就少。美好的时光总是留给洒脱的人,快乐全凭自己把握。

## 【冲出低谷】

人生皆有低谷,起起落落是人生规律。低谷,乃是人生之冬天,只有忍住寒冷,才能等到春天的来临。不管多冷多痛,都要学会调成“静音”模式。古云:“宝剑锋从磨砺出,梅花香自苦寒来。”“天将降大任于斯人也,必先苦其心志,劳其筋骨,饿其体肤……。”人之苦难可转化为珍贵的经验和财富。唯有坚持、忍耐、努力、奋斗!才是唯一的出路。

## 【朋友圈】

人与人之间最舒服、最优雅的相处就是欣赏彼此的好,懂得彼此的苦。就这么简单!生活时苦,余生不长,和相处舒服的人在一起确实重要。建立一个优质的朋友圈不容易,彼此读懂,哪怕只是静静地站在你的身边,什么话都没说,也足够美好,让你充满安全感,充满正能量,让你足够安逸和舒服,默默地鼓励你继续历经风雨,仍能笑着奔跑!

## 【顿悟与进取】

岁月带走了纯真，时光苍老了容颜，阅历成熟了心智，坎坷磨平了欲望，沉淀下来的是一份淡泊的心境。生命不在于年龄，贵在心理年轻；生活不在于奢华，贵在怡乐心情。人生的目标在于向前，人生的修养在于学习，人生的成长在于顿悟，人生的态度在于进取。人生的质量也在于积淀，在于宽容，在于提升文化素养，多给自己一个迂回的空间，多读书，免得书到用时方恨少。

## 【机会与创造】

鱼喜欢逆流而上，越是激流，上游的鱼越大，因为激流激起了大鱼的兴奋。当一件事被所有人都认为是机会的时候，其实它已经不是机会了。生命不在于活得长与短，而在于你顿悟得早与晚。人生的成败往往就在一念之间，但大多数失败者都败在了一念之差。年轻是本钱，但不努力、不奋斗就不值钱了。与其战胜敌人一百次，不如战胜自己一次。当你将信心放在身上时，你将会永远充满力量。人除了有志气，更要有骨气。弱者等待机会，强者把握机会，智者创造机会。

## 【充电】

《庄子》有云："少年经不得顺境，中年经不得闲境，老年不要有逆境。"忙碌，是生命的存在感，无论是生理还是心理都不能过得太闲，无事则生非。有诗云："不见闲人精力长，但见劳人筋骨实。"人到了奔五、奔六的年龄段，除了发挥余热，为国家为社会奉献最后的力量,还应当为生活充电,精神状态才不会空虚乏味,身体也不会懈怠无力。站在高处,静看花开花落,把握生命的节奏,活出气象万千的朴素而灿烂的一生。

**【幸福指数】**

幸福也是人生的基本属性。它取决于一个人能否正确看待自己和世界的关系。态度的合理指数,决定一个人的幸福指数。人生的幸福指数随着你的态度更加端正而提升。你越是选择单级提升,越需要在其他方面补充。于是,要以人生态度推动全面发展,获得成功。如果我们把时间拉长一点,就会发现这个世界还是很公平的,只是看你自己怎样对待这个世界。

**【人生三件事】**

人生是要做好三件事:一曰身体健康,并保持每天的心态良好;二曰人格魅力,要有持之以恒的修养;三曰教育好孩子,为荫泽后人做铺垫。

**【己渡与依赖】**

佛云:“众生皆苦,何渡?己也!”世上人没有不苦的,要想改变,唯有靠自己。北宋诗人林逋写道:“少不勤苦,老必艰辛;少能服老,老必安逸。”趁年轻,努力奋斗吧!年轻越努力,老来越幸福。

【积累的妙用】

人生，需要努力加积累。除了成功，拿什么可以证明你的存在？你给我压力，我还你奇迹！你弱了，所有困难就变得强了；当你强了，所有阻碍都变得弱了。这个世界从来没有什么救世主，强弱皆由你自己掌控。努力最基本的意义在于：不要当父母需要你时，你除了泪水，一无所有；孩子需要你时，除了惭愧，一无所有；妻子需要你时，除了内疚，一无所有。更不要当自己回首过去，除了蹉跎，一无所有，这就是不努力奋斗的写照。天空不会因为一个人的眼泪而布满乌云，有的只是仰视你的辉煌！

【简单与努力】

生活，越是过得简单越好。有钱的时候，把人做好，别目中无人；没钱的时候，把事做好，别投机取巧。这辈子，活好每分每秒；走好每一步路，问心无愧，才不悔；踏踏实实，才不累；人生，只有这两件事靠得住：人品和努力。人品是你给别人的印象，努力是你对人生的态度，生活是一面镜子，你以什么样的心态去面对，它就以什么样的结果反馈。

【生命的真谛】

人生路，难易都要走。人生不怕走弯路，最怕的是走错了最重要的那一步。但是，不管选得对错，都会有不同的风景。而属于你的精彩，永远不会缺席，只要坚持，只不过是晚到一点而已。人生又如棋，可以成全自己。当你学会承受，大度处之，顿悟知足常乐,才是幸福之道。这就是人生,它像是一场旅行,其实目的地早已确定,无论怎样都得躺在九泉之下,重要的是沿途的风景和你看风景时的心情。漫漫人生路,只有经历了漫长的跋涉,我们才能读懂生命的真谛。且以深情度余生!

### 【阳光与路】

人活着,最重要的是修心,只有心好了,才能养性,一切才会好。然真正的修心并非这么简单,它是一个漫长的过程。因此,不可以急躁,要慢慢来,才能达到养性的效果。只有尝遍了生活的酸甜苦辣,经历了人间的人情冷暖,才能真正地领悟到一些道理,才能做到真正的修心。修心是一种历练,成长和自我完善,在困难中历练,在历练中成长。心修到了,你就会变得旷达、豁达和超脱,完成了人生自我救赎。心存美好,既然有阳光,路也就越走越宽广。

### 【最帅与最美】

人生是否美丽,也是不分男女的。男人再帅,没有责任感,等于废物;女人再美,自己不奋斗,只是摆设。人生不只是安逸,挣钱是责任——养家糊口;挣钱是价值——活出尊严。无论男女,活得漂亮才是本事。爱自己的最好方式,是用别人始终没法拿走的东西武装自己。这个世界没有一件工作不辛苦,努力和奋斗使你内心逐渐强大,变得底气十足。有了底气,才可以驾驭一切。不经风雨,怎见彩虹?一切皆为成就。于是,抉择、实施、努力、奋斗只为自己,切勿让自己成为只说不做的傀儡!男女都一样,皆要活出美丽人生。

【精神的滋养】

古云:“书中自有黄金屋,书中自有颜如玉。”养成读书就如吃饭、睡觉一样的习惯,让它成为一种生活方式。五谷喂食躯体,而书籍滋养精神。读书能开阔眼界,提高认知。在读书上所花的时间,都会在你某一使用的时刻里给你回报。你读过的书刻在你的气质里、谈吐和胸襟里,也在你的思想里,谁也拿不走。读书是精神的滋养,使你拥有自己发光的底气、活色生香的神气。

【花费时间和花费钱的区别】

现代社会,一个人是穷是富,不是决定于先天的物质条件,而是根据你思维方式。富人的思维方式有一个共同点,就是能站在一定的高度看问题,有一个大的格局来规划目标。而穷人所看到的是眼前,这就是穷人思维,因为怕穷,所以做什么事情都要先考虑钱的问题。殊不知,越是先考虑钱,越是丧失了赚更多钱的机会。人生最珍贵的是时间而不是金钱。怎么利用那就是做人与做事的考量了。

【成功与责任感】

男人,这个词语是让女人顿觉有安全感的神圣名词。于是,作为男人尤要懂得其中潜在含义——责任和担当。事业是责任,家庭(含父母)是牵挂,子女是义务,如果不处理好这三者关系,就是有天大的才华也是白费。事业是男人的生命;家庭的管理是衡量一个男人是否合格的标准；子女，在家庭教育中，父亲是触类旁通的榜样。男人，于社会是普通人，于孩子却是撑起了他们的整个世界，是孩子人生里的英雄。父爱如山，代表顶天立地的博大和深沉，代表正义和力量，守护孩子的童年，让孩子感受到安全，学会了勇敢。是故，生而为男人，就要尽心尽力，活出样子，活出坦荡，即便做不成一个伟大的人，就做一个有责任感的人，也是一种成功。可鼓励第二代或第三代去继续奋斗，也不失人生幸事，也算尽到了男人的责任。

## 【一切在于认可】

有人说，遇事看担当，逆境看胸襟，喜怒看涵养，成败看智慧。此乃领导之修养。子曰："大其心，容天下之物；虚其心，爱天下之善；平其心，论天下之事；潜其心，观天下之理；定其心，应天下之变。"是故，领导者皆以层级定修养，官当得越大，其修养越好，从大脾气到小脾气，再到没有脾气。锐气藏于胸，和气浮于面；才气见于事，义气施于人。让团队拥护你；让社会认可你。虚心的人用学历来鞭策自己；而心虚的人却用学历来炫耀自己。后者哪怕如何努力，都是无法改变其狭窄的心胸，能走多远？

## 【修炼】

腹有诗书气自华。此说不分老幼尊卑，读书多了，心胸开阔，自然容颜也改，更不会人云亦云，对任何事情都有自己的见解，于是底气十足，也便神采飞扬，洋溢着青春的活力。人往往不是慢慢变老的，人变老不是从第一根白发开始，而是从放弃自己的那一刻开始。不思进取，岂能不老?！事实证明，显得年轻的人，除了有一定基因之外，大都是勤奋学习、勤于思考，这是长期的内心与行为的修炼在脸上的投影。古云相由心生，即此理也！气质不论年龄，它是一个人的修养和精神表现，老去的是自然年龄，不老的是他身上那种青春的时光，表现在谈笑风生之间。

## 【作为与拥有】

这个世界有两种人，一种人毕生致力于拥有；另一种人毕生致力于有所作为。因为后者懂得适应社会必须依知识、见识和胆识三个指标来提升水平，否则任何努力都将白费。“郁孤台上英雄泪，江山不幸诗家幸。”腐朽的南宋没有成就一批大将军，却成就了一批伟大词人。辛弃疾与苏东坡的豪放不仅体现在词风上，更体现在人格上，无论顺逆穷达，都不消极沉沦，仍能忧国忧民，即使没有让他发挥才华的机会，依然热爱生活，留下一篇篇传世佳作，值得世人尊敬和赞赏！

## 【前进与后退】

人生之路，平、坎、曲、直，总是要努力面对，无论难易都要跨越。生活的顺逆，事业的成就，就看你怎么面对，怎样处理。失败与成功，是对自己的一种认知、一次经验的沉淀，为下一次做好铺垫。人生有了理想，就有了拼搏、奋斗和追求，也会有彷徨、失落、孤寂和遗憾，这是客观规律。莎士比亚有云：“光荣的路是狭窄的，一个人只能前进，不能后退。”在这一条狭窄的路上只有前进，因为无数的竞争者都在你的背后，一个紧随着一个。

## 【棋局】

人生如棋局。欲求胜,关键在于把握住棋局。对弈中,种种棋着就如人生中的每一次博弈。赢家往往是有着先予后取的度量、统筹全局的高度、运筹帷幄而决胜于千里的方略与气势。借鉴棋局研究人生格局,就不难发现自己的格局受限的原因。人的成长过程关键在于给自己建立生命格局。在今天这个知识不断更新的世界里,我们是在不断刷新自己的知识结构,也在酝酿一种大的胸怀,为自己奠定大的格局。深知拥有了自己怎样的格局,也就拥有了怎样的命运。人生道路不仅需要高度,也需要深度。

## 【读书与进步】

人生需要进步,进步需要求知,求知的方式就是读书。那么,读与不读,差别就在于是萎靡不振地活着,还是鼓起勇气走出自己的那片阴霾。人生不是游戏,我们没有多少可供选择的机会。只有自己坚持学习,努力奋斗,面对现实,发挥正能量。好的人生,每天哪怕进步一点点,长期积累,也是一个质的飞跃。人生最大的成功,就是要学会超越昨天的自己。止步不前,必将被社会所淘汰。

## 【人生如行路】

爱因斯坦有云:“人的最高本领就是适应客观条件的能力。”达尔文进化论也说“适者生存”。20世纪80年代起,此说运用到了管理学上了。生活中，其实人们只要静下心来，读读书，就不难让自己另辟蹊径，走出困境。只要你愿意走，路的尽头依然还有路。当然，前进需要勇气，选择需要智慧。人生如行路，一路艰辛一路风景。行至水穷路自横，坐看云起天亦高。路旁有路，心内有心，凭的是你的眼界和心胸。命运全在于你自己的掌握之中。

【攀登】

人生之路其实就是一个攀登的过程，抵达山顶的时光往往是最短暂的、最不持久的，而最长的时光永远都是在路上。无论是“一览众山小”的豪迈，还是未得心仪风景的失落，都是短暂的，下一站又是再出发的起点。强者与弱者的区别不在于有无悲伤，而在于排遣不良情绪的速度和质量。生活的真谛从来都是泥沙俱下、鲜花与荆棘并存。好的人生是一个过程，而不是一个状态；它只是一个方向，而不是终点。为生活而努力，为事业而奋斗！毕生精力要用在人生的路上，而不是不去攀登，只仰望巅峰。

## 【蚂蚁与雄鹰的心态】

如果你是蚂蚁心态，最小的石子都是障碍；如果你是雄鹰心态，最高的山峰也敢尝试。有胸襟、有高度的人不是没有困难，而是每天考虑如何提升自己的高度和深度。在现实生活中，心小则事就大；心大者则任何事都是小事。人生是一场自我挑战，提升自己，设计格局，才能绽放，人生之路要走多远就有多远！

## 【格局与成就】

格局越大，成就也就越大。世人往往缺乏这个耐心，一旦付出就想要马上得到回报，而这样的思维只能适合做钟点工；期望能按月得到工资，也只是适合做打工族；耐心按年度领取年收入，则可当职业经理人；若能耐心等待三五年回报，则适合做投资家；若用一生的眼光来设计格局，权衡回报，那才是企业家。但是，现实生活中，乃是人比人，气死人。可这世上很多人只愿意用钟点工的思维去换取企业家的结果，所以只会纠结、会痛苦，甚至羡慕嫉妒恨。殊不知，在人生道路上，选择大于努力，格局决定结局，心态决定一切。如果换个思维方式，也许你能看到得更多，一切都会变得不一样，会顺理成章地朝着你的梦想和方向发展。

## 【力量与高度】

男人的层次是由多方面组成的，核心是每天最关心的是什么，有多少高度。博览群书也可以提升高度，拓宽视野；而风度代表一个男人的形象，自信是一个男人的重要品质。男人的谈吐举止和内涵表现是最能征服别人的，但它却全靠文化知识来支撑；成功的男人一定是能够忍辱负重的人，他的目标不是在于一城一地之得失，而是随时在提升他的高度，战胜自己，就没有了敌人。呼吁男人们，一定要有自信心，力量就在心中。

## 【境由心生】

境由心生。一个人若是心灵的方向错了，那么，就会无端地失去感悟生命喜悦的机会，进而在自铸的牢笼里囚禁着思想。人生快乐与痛苦往往是同步前行的，阳光和鲜花在旷达的微笑里，凄凉与痛苦在悲观的叹息中。人生像一场奇妙的旅途，既然是旅途，过程要比结果更重要。是故，一个人的拼搏和前进，方向就是你的灯塔，方向选对了，面向阳光，把心情整理好，做自己喜欢做的事情，活出自我，便有精彩人生。

## 【方向与坚持】

我们暂且把人生道路比喻成挖井，有的人刚挖了浅浅一层，就挖到了水，这是机遇；有些人不停地挖，花了不少时日，付出了很多辛劳和汗水，才挖到水，这是坚持；有的人一直挖，无休止地挖，投入了大量的人力、物力和精力，就是挖不到水，这是方向的错误。在现实生活中，一个人的成长和成功，方向和目标的选择很重要。如果发展的方向和目标选择错了，那么，再努力和付出，只会事倍功半，甚至与成功背道而驰，越离越远，从青春到暮年剩下的只是叹息。所以，坚持也是需要正确的方向作灯塔。

## 【精力和余热】

人生没有完美,但有缺憾！年轻时有精力,但缺钱;到了中年有钱、有精力了,但缺时间;到年迈了,有钱又有时间了,却没精力了。须知每个年龄段都有与其相匹配的烦恼,但它又会在那个年龄段的地方安静地等着你,从不缺席。四季可以循环,可青春却无法回归,于是,年轻人更要珍惜青春。老年人不要回避今天的现实与琐碎,走好脚下的路,享受当下的拥有,充分发挥余热,走向快乐!

## 【经营人生有如栽培花木】

事业的成功靠人去经营。人生也要学会经营,像栽培花木一样,在日复一日的岁月里成长,坚信总有一天开出花朵。人生最可怕的就是失去内心的期待与方向,漫无目的地混日子。人生最美的莫过于调整心态去生活,坦然面对,不因风雨的阻挡而烦恼,不因别人的嘲笑而困扰。用心经营每一段际遇,让懂你的人成为知己,让敢说你缺点的人成为诤友,活得简单,活出品位,人生便会活色生香!

## 【由刷脸想到的】

当今社会,身份证的用途是非常广泛的,如今又升级到了刷脸,可见一张人脸完全代替了一个人的身份证。然而,一个人除了居民身份证之外,还另有一个重要的证件——人品。它是人存活于社会的立身之本,也是做人的一种美德,能让人赢得别人的认可和尊重。其实，人品更是脸面，是人生的荣耀与桂冠，是一个人最宝贵的无形资产，也是一个人的人格魅力，它将有助于你更好地立足与发展。子曰："子欲为事，先为人圣。"可见，一个好的人品足以构成一个人的地位和身份的保证，是人生旅途中的黄金招牌，成为施展才能的关键因素和最佳基础，让人生之路走得更高更远！

## 【折腾需要勇气】

鲁迅提倡年轻人"折腾"。若本身就是穷人，折腾对了就成了富人，折腾错了大不了还为穷人。如果不敢闯，那就一辈子还是穷人。当然，努力了不一定都会成功，但成功一定是从努力而来。无论这个世界有多残酷，你都要保持自己的坚强与努力，坚信自己的人生道路与梦想，趁着激情还在，岁月静好，发挥你的闯劲，切勿辜负此生的美好年华！

## 【心态决定命运】

生活中，一个好的心态，可以使你乐观豁达，战胜面临的挫折和苦难，使你过上洒脱、快乐的生活，而且还可延年益寿。心态是人生的主人。心态是做人最大的本钱；心态决定人生的高度。

## 【加减乘除度人生】

要学会用加法的方式去爱人；用减法的方式去对待心里怨恨的人；用乘法的方式去感恩曾经帮助过你的人。如此看似简单的做人方式，你若做到了，那么，你的人生不成功也难！

## 【合理的迟到】

人生如棋,输赢皆有可能。于是,我们不怕走弯路,最怕的是走错了最后的那一步,让你无可挽回。然而,命运注定,不管选得对错,都有别样的风光。而属于你的精彩,永远不会缺席,只要努力,不必沮丧,只不过是迟到一步。人这一生,无论经历过什么,皆在成全自己。漫漫人生路,只有经历了漫长的跋涉,才能读懂生命的真谛。快乐和幸福并不是遥不可及,它随时都在你的身边,你只要努力去捕捉,就可以深情度余生。

## 【不必害怕短板】

生活,为了少走弯路,需要规划。规划可分为三个阶段:第一阶段从跨出校门开始至三十五岁,要学会基本技能,养家糊口,结婚生子,繁衍后代。从政、从商,创业或者为创业铺垫基础,维系一个良好的人脉圈。第二阶段是三十五至四十五岁,要开始做财富积累。尽量多地挑战,认清自己的短板和长板,须知短板是无法匹配上长板的,但短板的短度最终决定你成就的层次和格局。第三阶段是四十五至五十五岁。此段要在财富积累与职业发展的基础上着重修炼自己的德行。这是最黄金十年的人生巅峰,但巅峰之后终究要走向黄昏。完成了上述三个规划之后再进行未来规划。是故,要认识到退休并非人生目标,如果不去趁早设计规划人生,那可能是活着的悲哀。纵使你没有达到你所规划的目标,至少也是十年如歌,短而精悍,临危不乱。

## 【人生靠自己】

凡成功者皆不乏高人指点、贵人相助。虽然如此,但在成长过程中的具体操作仍然要靠自己。人生靠自己,生活需要努力,汲取多元资源,艰苦奋斗,努力经营。你若耕耘,就有收获;你若努力,就有希望;用纯净的眼光看世界,世界就是精彩的,用淡然的方式去生活,生活就是美好的;用平常的心态看得失,人生就是轻松的。得到了高人指点和帮助后,戒骄戒躁,虚心学习,认准方向,才可以直达目标。

## 【累与不累】

强者不一定会赢,但赢的人一定是强者。虽有小瑕,亦是难掩大瑜。过去你是谁并不重要,重要的是今天你是谁。人生是很累,人生是很苦。唯累过,方知累的价值,唯苦过,方知苦后的甜蜜。因此,抱怨命运,不如改变命运。人生越努力越幸运。真正的强者,不是没有眼泪的人,而是含着眼泪奔跑的人。

## 【幸福是以知足为标准】

人生在世,唯有知足,珍惜拥有的一切,才是真正的幸福! 幸福来自于心灵的知足;快乐来自于精神的富有。这就是生活,生活不是活给别人看的,而是充实自己。它像一朵花,静静地开,悄悄地落。所以,要想追求一个绝对完美的人生,是不现实的。只有懂得知足,才是寻求快乐的唯一法门。真正的幸福,不在于拥有多少财富,而在于自己内心的安定与丰盈!

## 【三七开还是七三开】

若要获得成功，是七分靠自己，三分靠朋友。生活仍然需要努力，抓住机遇。你若耕耘，就一定会有收获；你若努力，就一定会有希望；你若自信，就能微笑；你若看开，就有快乐。用纯净的眼光看世界，世界是精彩的；用淡然的态度去生活，生活就是美好的；用平常的心态看得失，人生就是轻松的。把握该放下的就放下，该抓住的要抓住，重整旗鼓，仍然有诗和远方！

## 【心与性】

人之性格，最重要的是修心养性。然真正的修心，是坦然地面对人生的一切磨砺和苦难，全然地接受此刻所发生或者遇到的好与坏，敢于面对残酷的现实，激发乐观进取的思想。现实与梦想之间，总是存在着一条难以逾越的鸿沟，尽管我们都在努力，但还是慢慢地领悟到：理想很丰满，现实很骨感。人生本是一场自我救赎，唯有把心修好，就会变得豁达，超脱。人这一辈子，能活到怎样的程度，就要看自己的心了，修到了，你就赢了。

## 【智者与强者的区别】

积极的心态乃是一种健康向上的生活态度，是淡定人生腾飞的翅膀。淡定是积极心态的沉淀，是为人处世的智慧，也是一种境界，它可以成就你的一生。可人生最难的是认清自己，对自己有个清晰而准确的定位。人只有在淡定的时候，头脑才是最清醒的，才能够活得不迷惘、不困惑，才能稳健地走好人生之路。积极进取是一种精神，更是改变人生的力量。所以，淡定的人是生活的智者，积极向上的人是生活的强者。

## 【高度与深度】

人皆有尊严，而尊严是靠自己守的，并不是别人给的。因为自己有尊严，才会赢得大家的尊重。人的尊严，是道德自律的自动生成物。尊严不是金钱和权势的附属品，即使毫无钱与权，只要你有了底线，也是可以给自己尊严的。昔孔子赞扬颜回曰："一箪食，一瓢饮，在陋巷，人不堪其忧，回也不改其乐。"说明颜回的快乐是一种有尊严的快乐。一个人一旦活得有尊严，即使瓮牖绳枢、瓦灶绳床，也可以怡然自乐。如当年陶渊明采菊东篱下，也一样赢得人们的理解和尊重。

## 【用三代人来经营和达到"贵族"阶段】

真正的人生，可以从六十岁开始。出校门，第一步是工作，经历了很多的坎坷和曲折，然后组成小家庭，结婚生子，站稳脚跟，终于上了轨道。通过了三十多年的磨砺，充分看透了自己，也看透了别人，看透了社会。到了六十岁的年龄段，一般不用考虑事业或前途了，值得考虑的是怎样培养第三代的成长，协助第二代人，投资教育。第三代应当超越第二代，比第二代更优秀。如果我们能够全力以赴面对生活，厘清目标，充满活力，充实生活，完美人生一定不是碌碌无为的，还可以为家族、为社会做点什么。

【突破自我】

人皆有惰性，但与自己的惰性斗，便能做到自律；与自己的无知斗，便会刻苦；与自己的软弱斗，就会奋起。可这样的过程，将消耗你一生的时间和精力，但不是浪费。正因为你有了这种精神，让你一点点积累和沉淀，超越过去的自己，一步步走向成功。“君欲以此始，但必会以此终。”长期的奋斗和坚持，总会给自己带来希望。人生就是一个不断突破自我、不断学习的过程。我们要在赋予时光意义时，不断与自己竞争，突破自我。

## 【维度与深度】

四十五岁，乃是人生严峻的转折点。出校门通过了二十多年的拼搏，度过了人生一半的光阴，无论是经商还是从政、教育还是艺术，如果还没有出成绩，那肯定是某个方向上走错了路，不是维度不对，就是深度不够。即使我们前面没有成就什么，但是我们只要调整思维方式，还是来得及的。未来社会，更要看透人性，抓住人心、人力、人脉，并且珍惜时间，但是无论怎样做，都得要遵循客观规律。一个人的成功，约有15%取决于知识和技能，85%是取决于沟通和感知。而蕴含巨大能量的心理洞察方法能够帮助你在与人沟通中立于不败之地。实践证明，谁能在沟通中主掌局面，谁就能赢得胜利；谁能在交往中赢得人心，谁就能赢得人脉。所以，只要运用得好，四十五岁的转折点，调整、纠错还是来得及的。

## 【人生如棋子】

俯瞰棋盘，有经有纬，纵横捭阖，车来马往，当先有出世之大略，又有入世之细谋，当赢；如若苟且于一步一地之得失而不顾全局，当败。人，这一路走来，无论你的层次多高，难免或多或少总会遇到一些压力或困难。在残酷的现实生活中，总会有遇到不可控的因素，使你陷入绝境。就像下棋，一步不慎，即陷入被动，但是睿智的表现就是不惊慌失措，要做的不是立刻赢，而是现在再也不能输。用管理学理论来看棋局，就是先稳住当下，控制局面，不让情况继续恶化，然后积聚力量，等待机会，一举成功。人生如棋，棋如人生，就看你如何把控，深矣！奥矣！

## 【吃苦与吃亏】

人生有两件宝——吃苦、吃亏。吃苦，到最后变成了一种财富；吃亏，却磨砺出一种智慧。可在现实生活中往往很难做到，当被人不信任时，总是不甘吃亏，喜欢费尽唇舌与人争辩，指望通过争辩取得别人的认同。殊不知，耗尽精力去争辩，还不如自己虚心做出来证明给人看，要比争辩更有效。有时候我们改变不了环境，但总是可以改变自己；改变不了事实，但总可以改变态度；改变不了过去，但总是可以改变现在。不过，当你取得了些许成绩和荣誉的时候，就觉得自己很牛，那是你人生道路的一个危险信号，离失败也就不远了。所以，生活中，我们要学会接受不能改变的，而且要去改变可以改变的。

## 【脾气与素质】

好男人并不是没有脾气，而是不会对心爱的人发脾气。好男人皆有思想，胸怀宽广，往往有属于自己的格局，秉持踏实做事、低调做人的习惯方式。本着这样的态度做人，那么，何来脾气之有？其实，人之一切委屈和痛苦，本质上都是对自己无能的愤怒，若还要表现给身边心爱的人看，那么，其素质就太差了。有的应该是在战场上对着敌人大吼一声——杀！毕竟，脾气是绝对不能用错地方的。

## 【不是你认识多少人，应是多少人认识你】

一个人若能活成钻石切面那样，是很不容易的，既有几个铁哥们好友，又能做到独处自养，让自己达到一个平衡值，让人认可，那真是人生大智慧。世上能人颇多，但成功的背后也会有无力的一面。漫漫人生路，皆有遇到难言之困境，此时，更要以谦卑与敬畏之心来面对现实。曾经的辉煌不等于永远正确。诚实而诚恳地面对自己的短板，迅速调整心态，作出抉择，才可以拥有相处和独处的完美交融。人生最难的是认清自己，对自己有一个清晰而准确的定位。一个人是否有能量，不是你认识多少人，有多少朋友；而是有多少人认识你，又有多少人将你当朋友。

## 【认知与本钱】

心态，是人生存及发展的本钱，也是生活的真谛。在现实生活中，要么你主动驾驭生命，要么让生命驾驭你，皆由你的心态来决定你是坐骑还是骑士。经云："物随心转，境由心造，烦恼皆由心生。"我们不能延长生命的长度，但可以扩展它的宽度；我们无法改变天气，但可以左右自己的心境。我们不能控制环境，但我们可以调整自己的心态来适应环境。当然，同时还有认知。一个人欠知或无知并不可怕，可怕的是根本意识不到自己的无知。一个健全的心态比一百种智慧更有力量。一个朝着正确的方向不懈努力、永远前进的人，整个世界都会为你让路！

## 【胸怀与眼光】

生活中，同一个事情，佛门看到的是禅，道家看到的是气，儒家看到的是礼。然人类的存在是先于本质，后才通过文化传承文明，再回到文化智慧的源头。其实，人生并不复杂，只是一种心情、一种心路，不必在意别人的评价，但一定要注意自己的言行和态度，要优秀就得从虚心做起。面子是别人给的，尊严是靠自己挣的，要想获得社会的认可，必须提高自己的认知。人生一世，就是活在心情中，有时我们缺少的，不是看透的眼光，而是宽广的胸怀。余生，努力去做一个温暖的人，用真心对世界微笑，用眼泪提醒自己要做得更好，迎接每一天的阳光。如是，则你的心胸广矣！格局大矣！

## 【生活与经营】

生活，需要自己苦心经营，像栽培花木一样，每天用心为它适当浇水、施肥，看着它生长。在日复一日的岁月里，只要每天都在茁壮成长，坚信总有一天，它会开花结果。人生最怕的是失去内心的期待与梦想；人生最美的莫过于懂得调整心态去经营生活。当我们懂得用心去经营生活时，生活才会变得丰盈而简单。

## 【捷径与弯路】

人们大都喜欢走捷径，殊不知，捷径有时候也会险象环生，一去不返；弯路虽然曲折，但是能曲径通幽，也会使你柳暗花明。现实的距离往往都是连着弯路的。所以，懂得适当走点弯路，也是做人的智慧。高铁路线为什么都要刻意设置微弯道，这是缓冲作用。更何况人生除了目标，过程中的体验也很重要，就是为了更好地达到目标。

**【生命是一段旅行】**

做任何事都要付出成本，然人生最大的成本不是金钱或时间，而是机会。在现实生活中，一个人越是什么都不愿意放弃，就越是容易错过人生中最宝贵的机会。生命，是一段旅途；生活，便是其中的过程，无论翻山越岭，还是涉水乘舟，都要轻装上阵，不能背着沉重的包袱，就看你愿不愿意放下。有些事只有你能够在内心真正地放下了，才会有更多的时间和机会去发现生命里有更好的风景，才会创造更美好的人生。放下乃是一种策略，是一种更好的人生积累，是为了去寻找生命中更美好的机会，实现人生更高的价值。是故，放下该放下的，心才不会负累，日子才会过得安心，生活也由此变得洒脱而从容。

**【自然规律与人生关系】**

人，衰老是不可逆转的，问题在于你想不想不急着衰老？《周易》有云："格物致知。"意即诚其意，正其心。心里认老服老的人，其实还未到法定退休年龄，从一开始就认定自己老了。这样在岗位上工作起来也就意思意思，无心努力奋斗了。其实，这样是很不划算的，对自己的学习和进取带来了极大的损失，而且失去好的机会。日出而作，日落而息；寒暑往来，四季交替，植物春天发芽，秋季结果。自然规律，不可抗拒！把变老当作一种人生经历，才会觉得自己真正笑纳这一生的风云际会。虽然时间终究会把我们遁入亘古的苍茫，既宽容又残忍，但你不急着老，就不觉得老。因为你还可以突破时光，发挥余热，做你想做的事情，何乐而不为?!

## 【厚德载物】

“厚德载物”出自《易经》，意指人要积累深厚的道德，才能承载学识、职责、事业、名誉、地位等价值观。负载愈多愈重，其德亦当愈高愈厚矣！人之心量有多大，福报也一定会有多大；然心量乃需社会大众共修，其福报亦是社会大众共享，全靠人类社会来积累。从个人角度，厚德亦载富。财富的获取，可以有多种途径与手段，但所得财富更需要保全与传承，离不开道德的滋养。“富不过三代”，乃是有财而缺德所致也！人生趋利避害，全在一“德”字，所以，只有厚德才能载物。

## 【木桶定律与人体健康】

人体的健康也有和生活健康一样的木桶效应。医学理论告诉我们生命的长短和质量，并不取决于我们某个器官或某个部位特别优质、特别发达。木桶效应告诉我们一块板最长，也并不等于很健康，而是需要人体的所有器官，所有的零部件都没有问题。在现实生活中，每个人都有自己的长处、优点，但也有难免的短板、缺陷。人生有了一块长板，也不能沾沾自喜，它或许只是让你风光一时，但短板却是毁掉你人设的最后一根稻草。人生有长板固然重要，但是认识到自己有短板更重要。在发挥长板的同时，千万不要疏忽自己还有短板，只要一块短板就可以拖累你其他器官的平衡状态。如何把人体短板补齐，这才是我们最需要去做的。

## 【生存方向】

岁月不饶人，乃是自然规律。相对于浩瀚宇宙的历史长河，人生不过是一闪而过。正因如此，在稍纵即逝的人生过程中，我们的灵魂应当要表现在将终结时的价值必须要高于降生时的价值，这才是人生的意义。人有了生存方向，其过程就会简单多了，进一步说，你朝这个方向努力的过程本身就体现了人生的价值。

## 【塔尖与塔基】

风度，是人之一种心态，一种智慧，一种涵养。不断追求心灵高尚、行为美好的人，风度自然会如影随形、翩翩而至。人生如堆高塔，你欲堆更高，就需要坚固的塔基，不可能把每一块砖都往塔尖上放。即使塔尖是你，也少不了与你合作的团队作为塔基。格

局越大的人，越能容得下一切得失，也能看得透全部人性，从心所欲而不逾矩，从深远处看问题。且活得从容，面对现实，在沉稳厚重、戒骄戒躁的生活中，安享属于自己的人生，收获人生的成功，感受生命的幸福。坐在那里有气度，表现出来是气场。

## 【聪明不是成功】

所谓成功，也并不是看一个人有多聪明，而是看你能否笑着渡过每一个难关，跨越每一条鸿沟。人生并无既定命运，但每一天我们都不断在零和非零间选择，在选择自己一生的命运。爱因斯坦云："我们要活出人生，只有两条路：一条是认为这个世界毫无奇迹；另一条是相信一切皆可以是奇迹。"此言深矣！人到了三十几岁，出了校门跨进社会，通过了十年的磨砺，就能深深体会，为了创造奇迹，就永远不能停下脚步。人生的真谛，就是一道道鸿沟等你去跨越。你无须想象用什么样漂亮的姿势，只要跨过去，你就赢了！

## 【量变到质变与祸福结果】

成功，很少会有偶然的，也很少会有侥幸的，皆从一点一滴的积累开始。那么，当你冲破最后一道关隘，那就是水到渠成的事情了。孟子特别强调人的主观能动性。他主张，路是自己选出来的，也是自己走出来的，是祸是福都取决于自己的心之所向和所为；一个人行仁向善，就会播下福的种子，即使福未立即到来，但祸却已远去；反之，则埋下祸根，即使祸未立即发生，然福已与之无缘。于是，仁与否，形成了一种趋势，从量变到质变，到一定程度会显现出截然不同的结果。所谓命运，乃是失败者为自己脸上贴金的谬论，人生道路离不开一个“仁”字，要树立以仁为核心的人生观，不迷信命运，不等待偶然，一切道路由自己选择，选定了，毫不犹豫地向前走，走出困境，曙光就在你的前面。

## 【学会自己疗伤】

“路漫漫其修远兮，吾将上下而求索。”屈原鼓励世人要不屈不挠、勇于探索的精神，追求真理，成就事业！然而人凡进步需要目标，成功需要目标，成就事业更需要一个完整的目标。有目标的人在接力奔跑，没目标的人只有在睡懒觉。给人生一个梦，给路一个方向；跌倒了要学会自己爬起来，受伤了要学会自己疗伤；生命只有走出来的精彩，没有等待出来的辉煌；努力，才是人生的态度；能力，会见证实力；实力，能改变你的命运。因此，一切成功皆需目标。成功之路漫漫，需要修远，你爬得越高，见到的风景越美!

## 【播撒种子】

与农民讨论播种与收获，发现其学问之大可称为科学家了。农民说，并不是所有播下的种子都会生根发芽，它们中的大部分会因为种种原因而半途夭折。我们把这个理论搬到生活中也是一种实践的引伸。我们要想获得成功，实现理想，就必须要经历多次的尝试，这是种子法则的理论延伸。世上凡最成功的人，往往是那些播撒种子最多的人。

**【竞争与岿然不动】**

社会竞争激烈，人们更要静下心来，切勿盲动，是修炼。首先要搞清楚人与事、人与人、人与物的关系。人生一辈子首先要解决人和物的关系，再解决人和人的关系，最后解决人和自己内心的关系。否则，善斗、烦躁、狂热，没有什么底气，却还目空一切，自视甚高，其后果可想而知。一个良好的人生过程，就是提醒自己反复做一个动作："清零"。一步一步走，一步一步扔。走出来的是路，扔掉的是负重。路越走越长，心越走越静，时刻谦卑，时刻低眉，于是时时刻刻心里有敬畏。只有修炼成性，任你密雨斜侵，我自岿然不动！

**【生命与信念】**

每个人的生命中都会有一个信念的坐标。人生路上，我们认知自我、定位自我，坚持自己的处世原则、信念。同时也积累了很多经验：坚强的信念、强大的精神力量能帮助我们战胜挫折和打击，克服一切困难，直至最后的成功。人生一世，难免会有艰辛、痛苦的经历和体验，与其怨天尤人、抱怨社会的不公而自暴自弃，倒不如放下包袱，抖擞精神去最后一搏，去冲破黎明前的黑暗，来证明自己的力量。

**【精神与精进】**

男性和女性在某些方面是有区别的，男性之为人处世标准，西方叫绅士，东方称君子，这是东西方文化的差异。君子者未必可以成为大老板，但做成了大老板的人一定要努力成为君子。君子讲求自制力及定力，在无人监督下也能做到自我约束，经得住金钱、女色的考验和诱惑，遵循合情、合理和合法的原则行事，从他律走向自律。欲成大事，先学做人，此乃人生不二法则。投机取巧，自以为是，终究难成大器。世上有才华者很多，但有自制力和定力好者并不多，能让才华为定力服务，将理想融入现实，直至成功者更不多。世上凡格局大、眼光远者皆属会做人者，然他们仍需要有精进、执着和专注的精神！

**【矛盾与依存】**

世界万物，总是相互矛盾却又相互依存。甚至是害虫、猛兽也是整个生物链不可缺少的一部分。人类亦然，好人和坏人也是如此，这个社会若是没有坏人难显好人，没有好人却又难露坏人。如此，构成了人生生态。发现越是贬斥你、折磨你的人，越是在逼你成才。他们做得越是凶狠，反而越是为你提供更大的动力，使你认清自己、也认清对手，使你下定更大的决心。把人家对你的挑刺，看成是挑战，刺激你勇气倍增，促进你成功！

**【等待与希望】**

读《基度山伯爵》还是很有启发的，起跑快的未必早撞线，早起的也许还赶不上晚集。个人仿佛是大海中一叶扁舟，在随波逐流着。如是，则可将人生智慧归结为五个字——等待和希望。因为等待而不刻意强求，因为希望而不轻言将就，所以不羡他人，不弃自己。人生道路如何走，乃是看你怎样把握，顽强地走出困境，曙光就在你的前面!

## 【先赢自己,再赢世界】

生活中,在任何时候都不要怕从头再来,因为每一个低谷有都可能是通往更高峰的机会的开始。痛苦与快乐并非完全在于外在物质的有无,而是在于自己心境的修养。面对困境,也要精神大振。我们或许暂时变得一无所有,东山再起的英雄故事也许听多了,但一切都是关乎修炼自己内心的强大。我们可以苦恼、可以失落,但是不可以内心空虚。改变环境不是你的第一步。只有你的内心强大了,才有改变环境的可能,这才是你的第一步。赢了自己,才有可能赢了世界!

## 【人生与理性】

人活多久并非自己的主观所能决定的,它是要听从自然规律,或许另外还有一部分争取的空间。人越老,依赖的外在因素越多。把一辈子好好过完就是长寿。芸芸众生,不是谁都当得了名人。当一个忠诚的配偶、称职的家长、孝顺的子女,得到朋友圈的认可和社会的尊重,何尝不是人生需要该做的大学问? 逝者如斯夫! 我们需要的人生,应该是理性的。青年时要奋力进取,中年时要善尽责任,老年时对世界回报善意。如此,打造自己的人生,不问长短,一切乐在其中。

## 【修炼与魅力风景】

人生的成、败、得、失,只在一念之间。心态不同,你的境遇便会天差地别。只有修炼一颗宁静致远的心，人生才会风清月明。健康需要锻炼，心态需要修炼，人生短暂，幸福晚年尤要具备五个条件，即老底、老窝、老伴、老友和老骨头。现代科技进步，医学昌明，人之寿命比百年前大大延长了。但人生多烦恼，古今皆然。在“五老”条件下，应再加两个原则：(1)凡事化繁为简，不要事必躬亲，不要达不到预期目标就耿耿于怀而没有思路；(2)不要强求，一切都要尊重客观规律，以求自然发展，做能让自己心情快乐、内心宁静的事。

## 【新的开始】

人到了奔五后的年龄段，心理上往往或许害怕退休。其实，退休也是人生新的开始。《射雕英雄传》电视剧里的老顽童时刻表现得没有忧伤，安静、随性、悠闲、淡定，还有些神经质，居然和洪七公抢夺从皇宫御缮厨房里偷来的“叫化鸡”。这种幽默和诙谐至少让人的精神年龄一下子减少十岁。人类从开始的谋生终究都要达到乐生，即从经济动物进化成文化灵物，退休后也是人生生活一种新的开始！

## 【人生要有信心】

人在生活中，首先要相信自己，即使在最危急的时候，也要相信自己够坚强、有毅力。如果自己对自己都失去了信心，那么，人生就毫无斗志，或许连生活都变得潦倒，何谈事业成就？只有对自己有了充分的评估，充实自己，生活也便充满了信心，一旦确定了明确的目标，也就有了人生方向。世上事，往往看似复杂，只要你抓准了关键，处理得当，就可以把它变得简单，然后坚持下去，就会产生巨大的效果，成功也就离你越来越近。

## 【驱动人与攀登】

生活要向前看，而且要不断地向前看，才能有冲刺的欲望。所谓向前看，是用前面的目标和希望来不断地引导自己，唤醒自己。当你向前看到方向时，才知道自己落在了后面。那么，落后的压力，会驱使你不断地向前追赶，这种追与赶会产生两种动力，一是引导力，即用前面的目标和希望来招引你；二是驱动力，即以落后了的压力来推动你、促进你。一个是让你有所追，一个是让你被追。是故，一个懂得不断向前看的人，才是一个懂得随时唤醒自己，要攀登、更要冲刺的人。

## 【人生值钱之前与值钱之后】

生活有时也如同一片沙漠，很多人一辈子都在沙漠里游荡，埋头前进，临终时却发现自己的生命一片空白。《钢铁是怎样练成的》主人公保尔·柯察金一开始就强调"……人之一生就不能碌碌无为地活着"。当然，也有很多人的确用自己的努力和坚韧，穿越人生的沙漠走向绿洲，从此生命便显得很是充实。人生其实就是一个个选择叠加起来的总和，不断努力的过程就是让自己不断升值的过程。如此，人生经历是一笔财富，只要将自己的经历加以提炼，就能给他人提供参考或借鉴。人生道路可以从自卑走向自信，不需要考虑自己能够走多快，只需要规划自己能够走多远。

## 【万事从来贵有恒】

世上事为什么有人成功，有人失败？成功者之成功，过程中都是历经艰难和困苦，还有更重要的是恒心。过去有个年代提倡又红又专，坚持到底，成功的概率就高。人生切勿样样差，件件能。其实，无论是谁，只要有梦想，不半途而废，知难不退，坚韧不拔，成功就会伴随着你走。人，不管能力大小，也不管从事什么工作，只要目标明确，以坚决做好一件事的理念持续精进，纵然一辈子没有太大的建树，也绝不会平庸。只怕好高骛远，心浮气躁，这山看着那山高，到头来蹉跎一生。金石可镂，源于锲而不舍，一生择一事，选对方向，心无旁骛，是一种追求，更是一种境界。万事从来贵有恒。

## 【坚持】

失败并不可怕，因为暂时的失败并不代表永远的失败；一时的成功也不等于最后的成功。只有树立了远大的理想并长期坚持，表现出永不放弃的毅力，才能获得最大的成就。放弃就意味着失败，放弃才是最可怕的，放弃了，那就什么都没有了，所以坚持才能有成功的机会。凡做大事者需要警钟长鸣，坚持到底。

## 【成功与毅力】

创业的过程极艰难，创业者最需要的是永不言败的精神，因为它推动着人行动。从成功人士的创业经历中可以看出，他们具有敏锐的观察力、果断的行动力和坚强的毅力，这是成功的必要条件。用敏锐的眼光去发现机遇，通过果断的行动去抓住机遇，再用坚强的毅力将前两个条件转换成真正的成功。人，一生中有很多东西需要坚持，如果浮躁了，就难以看清事物的本质。所以，再难也要坚持，再累也要坚守，乃是人生精进的原则。

## 【成功与使命感】

一个人目光的深远要比智慧重要；一个人对事业追求的毅力要比勇气重要。因此，要实现人生抱负，是不能停留在现有的成就上，而要突破原有的格局，编织一切可以利用的资源，组成新的生态圈，发挥正能量，完成使命。《西游记》里唐僧取经路上经历了九九八十一难，但他仍然一如既往，坚韧不拔，靠的是什么？——使命感！值得借鉴与学习。

## 【认识与开拓】

开拓创新的人生，是需要信念来支撑的，信念也可以来自对成功者的效法。信念之核心是自信，首先正确认识事物，然后驾驭事物，发挥自己的聪明才智，调动所有的正能量，把事情办成，取得成功。人生若不愿碌碌无为，获得真正的保障，就必须每天都取得进步，开拓进取，不断创新，做到小改进，大变化。信念拥有神奇的力量，它有助于改变人生，开阔视野，实现目标。

## 【平衡点】

人生道路，皆有期望。然期望之合理性乃是最佳的科学判断。期望并不是越高越好，而是要合理制定，适当为佳。因为期望制定得太高了，达不到，渐渐心生怨恨和沮丧，认为天道也不酬勤，长此以往，导致丧失信心；期望太低了，没有动力和激情，变成得过且过，认为世事就这么简单，一点也不刺激，一点也不好玩，让人萎靡不振。是故，合理的期望，是一种正确评估，不扭曲本真的自我，在愿望和现实之间找到最佳的平衡点。

## 【止损哲学】

生活要有“止损哲学”思想，方可立于不败之地。战士在前线被打伤手臂，送到野战医院时由于耽搁太久被感染，医生果断作出决定，必须断臂，可保一条性命。此举虽然不近人情，却是保存元气的唯一方法。餐饮老板问捧菜员工，当你托盘不稳，又救之不及时，该如何处理？简直是无法回答。但老板说标准的答案是:用最后的一点力量,使托盘掉向远离客人的地方。如果周围全是客人,则要力争倒向大人而远离小孩;要倒向男人,远离女人;要倒向人的体侧,远离人的头部,这叫危机处理。这是在面临无可避免的失败时,选择把损失降到最低以及对未来影响最小的方式。好炒股者也懂得一个游戏规则,当股市狂跌时,经纪会自动为客斩仓,这也是危机处理。危机处理是以科学的方法在困难中整出一条出路,保留本钱,以待机会东山再起。

## 【心态与心情】

人不能只靠心情活着,还要靠心态维持。成功时不要忘记过去创业路上的不易,失败时要想到还有未来的路要走。生命中静如止水的日子,因为爱而博大,因为感恩而温馨,因为信任而厚重。每个人在成长中都会受很多伤痛,但许多事情总是要在经历过后才明白。痛过了,便坚强了;越过了,便成熟了;傻过了,便懂得了什么需要珍惜,什么需要放弃。总之,失去了什么才能学会珍惜什么,碰了壁才能学会改变自己。

## 【心灵与成败】

人的生命虽然短暂,但是任何时候我们都需要保持自己内心的坚定和勇气。有时对于不可逆转的命运无可奈何,但是怎样选择自己的生活态度还是可以由自己来把握的。有人要强,天天思考怎样进取,但自己能力有限,一事无成,又抱怨社会分配不公,每日在焦躁中度过;有人平淡,自己有八分的能力规划去做六分的事,做得很是轻松,留点余地,还可以为明天思考点什么,每日笑逐颜开，愉快度过。

【梦想需要有目标设计】

人有梦想并不难，关键是当你有了梦想之后，能否把这个梦想付诸实施。成功不是一件简单的事情，它需要你有坚持不懈、百折不挠的精神。所以，有梦想只是第一步，光靠聪明和勤奋还不够，还需要有一步一步目标的设计，抓住机遇，在大方向上力求正确，不至于浪费时间走弯路。

【乐观与悲观】

为什么乐观、开朗的人要比悲观、沮丧的人更幸福、更有成就？这是自我意识的问题。乐观开朗的人能客观认识自我、评价自我、悦纳自我，并且有自尊、自信、自爱，在锻炼意志过程中努力培育自己发展身心潜质、提高抗挫折能力。所以，乐观不仅是

人生所应有的生活态度,也是每个人人格健康的前提。乐观的人看到的是生活光明的一面,对前途仍然充满希望和信心,从不会被眼前的困境所吓倒。反之,悲观的人所看到的只是生活的阴暗面,对任何事物都没有了兴趣,遇到一点挫折就情绪低落,怨天尤人,或者自暴自弃,更无置之死地而后生的勇气。人生乐观、悲观,何去何从自当正确取舍。

## 【改变人生的缺憾】

有缺憾的人生或许是另一种完美,只要你以积极的心态看待外界的刺激。当你缺少一些东西的时候,能从另一个角度看,往往会有更完整的感觉。一个拥有了一切的人,在某种意义上讲或许他还是个穷人,你在走向成功的路上,不要因为他人的冷眼、刁难、讽刺、奚落而沮丧、放弃。你大可加以运用,当作激励你前进的动力,毫不动摇地、大胆而勇敢地继续前行,开发梦想,正视梦想,那么成功的曙光就会重新出现。

## 【品味路在脚下】

平衡心情是人生的必修课,是获得良好心态的最佳途径。但它需要自我练习,不断加大低方的砝码,使之呈现平衡。心理上不平衡,看待这个世界一切都是歪的。然平衡恰恰是要由自己来找,别人谁也给不了你,因为一个看什么都不顺眼的人,心情永远不会好,怨天尤人。所以人生道路还是要靠自己走,“敢问路在何方?路在脚下!”仔细品味,世人心态皆可平衡。

## 【寻找立足之本】

低调，是一种高贵的人生态度，是一种境界、一种风范，更是一种思想、一种人生哲学。缺乏这种境界者，即便拥有再多财富，亦属人品有疵，也会受人鄙视。然低调并非是刻意的沉默，也不是伪装的谨慎，而是一种为人的品格、一种风度、一种修养、一种胸襟、一种智慧，是为人的最佳姿态。倘能做到如此，即使你目前一无所有，或许也会照样受人尊敬，一旦遇有机会，可徐图发展；反之，即使你能叱咤风云，拥有千军万马，也会众叛亲离。是故，成大事者要懂得宽容于人，想人所想，这才是为人立足之根本。有了根本，才能“枝繁叶茂”，魅力四射，成功也就离你越来越近。

## 【人生是个舞台】

人是社会的一分子、团队的成员，因此每个人都应当在社会、在团队里把握好自己的角色，尽到自己的义务，做好应当做的事情，发挥自己的作用，绽放自己的人生精彩。人生是个舞台，既是学习的平台，也是竞争的平台。竞争，是血性的外在表现，人必须有竞争意识，在竞争中强大自我。然而，人又不能只讲求竞争而忘记合作和共赢。不懂合作的竞争是不谙竞争之道。想要走得快，就独自行走；想要走得远，就要结伴同行。

## 【忍耐并不是做作】

"忍耐"和"平庸"是两个不同的概念。高尚的忍耐不是甘于平庸，也不是刻意作秀，而是由其内涵而生、自然流露的修养品质，是一种厚积薄发的人生智慧。人因为忍耐学会了承受，生命才更加广博厚重。一个人只有忍得住诱惑、耐得住寂寞、经得起考验，真正有所为有所不为，才能达到完善自我、超越自我的目的。滴水穿石，因其坚持，终可成功。忍耐者不偏执，而且谦虚好学，学习他人的有益经验和方法，增强自己的能力。这样的忍耐不是做作，而是完美。

## 【成就与动力】

一个人内心的热爱是推动事业成功的最大动力，它能帮你克服困难，坚持到底。当然首先要认识自己，如果喜欢的事情有很多，要选择自己最有兴趣且最擅长的事情来做，这样就能在感受快乐的同时取得超乎平常人的成就。

## 【知识、能力与品质】

知识不等同于能力，能力不等同于品质。一个人能否成功应当看他是否具备了优秀的品质。品质是一种复杂的组合，优秀品质最核心的成分是自信、勇气、决心和热忱。一个人如果建立了顽强的自信，对生活充满了挚爱，有一种追求事业的狂热，勇于面对任何困难，下定决心，满腔热情，那么，他必将是人生这场残酷战斗中的最终获胜者。因为这种优秀的品质会支撑他去奋斗，激励他去尝试生活。缺少知识，可以努力学习；缺乏能力，可以在锲而不舍的实践中获得，成为强者。具备这样优秀的品质乃是成功的决定性因素。

## 【成功贵在坚持】

有人抱怨这个社会不公，其实不然！生活还是公平的，哪怕吃了很多苦，经历了很多的艰难险阻，只要你持之以恒，一定会有收获。成功的经验大同小异，成功者皆是事后出名；而失败的经验却是各不相同，有助于你不再走弯路。所以，成功贵在坚持。在创业过程中充满激情，全力以赴，永不放弃，坚持到底，这是有效的成功法则。

# 成长篇

## 【成熟与成长】

成长，像是一场丛林探险的人生旅程，克服一个个障碍和困难到达目的地。成长需要厚积薄发，忍受煎熬，耐得住寂寞，坚持，坚持，再坚持；奋斗，奋斗，再奋斗！人生拼到最后，拼的不是出身和聪明，而是毅力和坚持。成长的过程确是艰难，每一次蜕变，都会伴随着撕心裂肺的痛苦和无奈。但是迷茫的时候仍然选择难走的路，因为你所经历的，都是你所要得到的。须知每一个不曾起舞的日子，都是对自己生命的辜负。请记住：如果你的优秀还没有被周围的人尤其是上司看到，被人们轻视、忽略，那就说明你还不够优秀，还需继续努力提升，完善自己。

## 【成长为了厚积薄发】

一个人读一本书和读一千本书，从表面上看不出什么，但内化的差距却是巨大的。正如我们在年幼时吃了很多食物，至于吃过了什么都已经忘了，但是所吃下去的东西大部分都已经被吸收长成了我们的骨头和血肉。因此，一个人从少年到老年，所认真读过的书，虽然不能全部记住，但它早已融进他的思想灵魂，沉淀成智慧和情感，只要有一个触动点，便能化成力量，厚积薄发。“人之气质，由于天生，很难改变，唯读书则可以变其气质。”这与体育锻炼的道理一样，隔一天看，没有什么区别；隔一个月看，差异不大，但是隔一年十年看，其身体和精神状态就有了巨大差别。一个人读多读少书，不是反映在表面上，而是录刻在脑海里。读书，是为了更好地成长，也是为了避免被生活琐屑打磨得麻木不仁，是为了成为一个有温度、懂情趣、多思考、对社会有用的人。

## 【社会物语与成长】

二十二三岁，是人生能否前进的转折点。走出大学校门，一般就脱离了老师的谆谆教导，一切主张都得靠自己来掌握。此时就很需要一个师傅式的朋友引导，但需自行突破，因为深层次的社会物语，是不会有人告诉你的，一切都需要自己去经历、体会和感悟。当你有一段经历过后，反省自己和同事、和领导之间的关系能否融洽，也就反映出你的情商的高低。中华文化几千年，最被崇尚的学说，是儒、道、释三家思想。儒家的主要指导思想是中庸之道；道家之思想是无论什么时候都得顺道而行；而佛家则是人要想有福气，修道成佛，就得平心静气，保持善念，从心念修起，从而让自己达到高深的境界。但是，现代的年轻人，是否有此耐心来研究和学习这三家学说及思想，是否愿意学习当今社会通俗易懂的指导思想——先学做人，再学做事的逻辑思维，值得探索！

## 【读书不是一夜暴富】

一个人拥有多少财富是不会写在脸上的，而一个人读了多少书却是在脸上绽放，且底气十足。读书多了，会愈感到生活的统一和辩证，而说话时能够直指重点、逻辑清晰，处理事情有理有节、具有一定的执行力。书读得越多，越有学习能力，越能够更快地接受新事物。在年少轻狂时，总以为自己可以用脚步丈量世界,不知多读书原来可以融入知识海洋。虽然读书不是一夜暴富,也不是奢华的生活,但它可以给我们带来心灵上的宁静,带来不一样的见识和气度,带来那种腹有诗书气自华的洒脱。在平淡简单的生活里活出美丽的人格魅力,给自己一个辽阔的明天,带来更多的希望。

## 【认清形势】

一个人若要获得指数级成长,首先要做到对形势的充分评估,因为在这个时代,只有趋势才能带来最有爆发力以及指数级的增长,鼓励你去超越时代。要做成一件事情,不在于你有多强大,而在于你要学会顺应趋势而为。不被过去经验束缚、不被现成资源裹挟,也不被单一的专业规则和思维方式所限,而是要用多元的思维来看问题,紧跟形势走。这个世界存在很多不确定性,我们很难预判哪些能力会在未来更有用。一个进化型的人,不会过度自信自己的专业水平,而是会站得更高去学习新知识、新经验。

## 【前进的脚步】

判断自己是不是成长成熟了,要看自己是否活明白了。活得明白的人和活得盲目的人是有区别的:活得明白的人是能够看清自己;活得不明白的人只能从别人的眼光里看到自己的模样。这个世界,生活就是这样子展开的,于是看得清自己或活在别人的鄙视怪圈里,其结果就可想而知了。人生旅途漫长,但是路还是要走,随着我们成长的步伐逐渐加快,关键是怎样做到脱离那种鄙视的眼光，走自己的路。路还是靠自己走。因此，在走下去的同时，还要学会战胜路上可能会遇到的险恶和陷阱。无论有多少险恶都无法阻止前行的脚步。这个世界只有一种英雄主义——在看清生活的真相之后，依然热爱生活。

## 【提升认知能力是最好的成长】

生活，需要认知。因此，提升认知水平，人生才可能有逆袭的机会。未来社会，认知资本乃是最大的资本。所以，首先要学习认知的基本概念，认知不到位，所有的思考将等于零。人的认知一旦突破，思维就会彻底打开，一眼看到事物的本质，瞬间抓住了重点。无论是社交、恋爱、创业或者投资，只有认知水平高的人才能快速看清全局，从而主导全局。认知程度越深，看问题也就越客观，遵从事物本质和规律，然后抓住话语权。《教父》有云："用一秒钟看到事物的本质和半辈子也看不清一件事的人，自然是不一样的命运。"未来社会最好的投资就是对自己认知能力的投资。

## 【格局与成长】

读万卷书不如行万里路，行万里路不如阅人无数，实乃哲理。有人在菜市场里为两毛钱对人破口大骂；也有人被误会很深还可以谈笑风生。这二者的差距在于格局。然而，决定格局的关键是一个人的视野。人们大都是在自己的视野范围内做判断。假如和井底之蛙说天空不只是井口这么大，它一定认为你是骗子，因为视野决定了它的格局。你遇见的人，读过的书，走过的路，构成了你的人生格局。格局大，做的事也就大。

**【智商与学习】**

不要高估自己的智商和力量，当你离开了团队平台，就会发现没有了你，第二天的太阳照样升起，一切还是正常运行；当然，也不要老在别人面前倾诉自己的困境，表现你的脆弱，即使需要妥协的时候，也要坚持不卑不亢的原则。人生所求是要实现自己的目标，一半靠努力奋斗，一半靠眼光和智慧。二者构成一种独特的魅力和思想。智商有先天的成分，但后天通过努力学习，加上顽强的毅力，创造力也会随之而生。

**【谋大事要布大局】**

谋大事者必要布大局。大格局，即以大视角切入人生真谛，力求站得更高、看得更远、做得更大。实践证明，有大格局者能够决定事情发展的方向，有着先予后取的度量、统筹兼顾的高度，运筹帷幄，决胜于千里之外。在现实生活中，一个人若有大的追求、大的愿望，就要有大的忍耐力、大的包容、大的视野、大的胸怀，

这就是大格局的表现。汉高祖刘邦自明:"我文不过萧何,策不如张良,军不如韩信,却能击败不可一世的项羽,实格局者也!"这个世界,命是失败者的借口;运是成功者的谦辞。所以,放下你的浮躁,放下三分钟的热度,放空你禁不住诱惑的大脑,舍弃人云亦云的八卦,静下心来好好做你该做的事情。努力了,又有大的格局,剩下的只是时间问题,此时,你会发现自己要比想象中更优秀。

## 【成长需要磨砺】

漫长人生路上会经历许多的挫折和失败,但也会经历美好,这才是人生历程。失败、失望、不甘和疲惫其实都是人生常态。只有经历了这些,才能进一步认识自己,认识世界。要懂得这个世界没有谁的人生一帆风顺。生活是自己的,是一个不断舍弃、不断进取的过程,所以没必要去抱怨或倾诉,只有把自己变强大了,一切奚落和打击将都将随风而去,并将促进你的成长。

## 【人品无价】

我们生在这个时代,要想使自己有成就、有所建树,人品最重要。人品并不是仅靠学习即修成,还要在成长过程中修炼,去伪存真、存优劣汰,一步步提高。一个好的人品,靠的是对人真诚——我不完美,但我真实;站在人前,靠的是坦荡,赢得尊重。要问人品值多少钱一斤?答曰:无价。人品是一个人活在世上最好的护身符。一个人要是离开了人品两字,即使形象再好、钱财再多,也得不到持久仰慕;权位再高,也得不到全社会认可。所以,人生一世，真真切切相处，实实在在付出。拼搏一辈子，博得一个好人品，不仅为自己创造声誉、名望和尊严，而且还为下一代积累福祉。

## 【自信与力量】

自信的力量是持久的力量！萧伯纳主张："有信心的人，可以化渺小为伟大，化平庸为神奇。"这就是自信的力量。一个人若没有自信，就无法做到自省、自律。别人给的力量不能持久，从自己身上发掘出来的力量才能终身受用。反过来说，如果成功有捷径，那一定是个懂得自省、自律、时刻反思、及时修正的人的路。弱者推责，强者担当，这是由人的素养底蕴和成长背景决定。当一个人的素质得到有序强化，精神状态也会意气风发，从而发自内心地专注工作，思维敏捷，激情澎湃。当你发现自己的行动跟不上时代的脚步时，能力匹配不上自己的野心时，徘徊在渴望的生活之外时，如果能够运用自信、自省和自律的逻辑思维，内心的迷茫、不安，就会被悄无声息地治愈，人生道路就会循着你的亮点开始闪耀，成功也就离你不远了。

## 【思想改变行为】

生理年龄变老，并不等于成熟；真正的成熟在于看透世界、看透时代。一个人在狭小、封闭的空间里待久了，其想法、认知、思维和性格都会停止流动。所以，这与年龄没有多大的关系。有了开明的思想，可以打破你的浮躁心态，引领你成长。人要解放思想，在某领域里欠缺，也不必自卑，到大师面前恳求指点，虚心学习,就能进步得更快。改造一个人的思想很难,但可以先改造人的行为,让其成为习惯,然后成为思想。

## 【突破小我,为了大我】

民谚云,四两拨千斤。此是杠杆原理,把它用在生活中,那叫借力。每个人都希望自己成功,但又常觉力不从心。殊不知,一个人的成就有一半靠自己的努力,另一半是靠平台,它让你有发挥的机会。失去其中的一半的时候,也就同时失去了另外的一半。因此,必须要平衡这两个一半,加在一起等于100%!普通人学别人的结论,被结论所困,活在别人的阴影里;成功者是学习如何建立思想,建立起强大的自我。把自己的“四两”之力用好,一切都变得简单起来。突破小我的局限,世界才会变得更宽广、更完美!

## 【责任心】

一个人最大的魅力是责任心。责任是一种担当,是一种信任,是前进的动力,更是一种能力的表现。然而,一个人的能力有大小,责任也有大小,依工作岗位而定。在平凡的岗位上尽其所能,肩负起责任,同样是优秀的,同样会受到社会的尊重和爱戴,也是自己攀登的铺垫。责任心达到一定程度其实就是一个人最好的财富,是未来巨大的无形资产,竖立无声口碑,会给你带来意想不到的收获。思想家韩愈有云:“业精于勤,荒于嬉;行成于思,毁于随。”任何创业和进步,皆需责任和担当。但是在现实生活中,一个人做成一件事,十件事,乃至百件事有责任心容易,难的是一辈子能保持责任心。当责任成为你的习惯时，往往也是你走向成功的开始，更促进你的成长。

## 【格局与局限】

一个人的发展往往会受到局限，其实反过来想，局限就是你自己的格局太小。在现实生活中，你的心有多大，你的格局就有多大，你的心有多宽，你的舞台就有多大。放大你的格局，你的人生将不可思议地改变。对于人生这盘棋，我们要学习的不是技巧，而是布局。对弈中，诸如舍卒保车、飞象跳马种种棋招层出不穷。而赢家往往是那些有着先予后取的度量、统筹全局的高度、运筹帷幄而决胜于千里之外的方略的棋手。

## 【坚持的伟大】

人生可能随时遇见翻天覆地的变化，但重要的是你能不能扛得住，有担当。遇到大变，你要做的不是接下来立刻破解，挽回局面去赢，而是现在不能输。然而这样的掌控力，并非一蹴而就，而是靠长期努力，对所发生的每一件事情进行分析、总结，逐步培养自己控制局面的气场和能力。人生到了中年阶段，就没有“容易”两个字。有如大海浪潮一样，不是一次性打完，而是一浪接一浪，所以面对的是一次又一次的考验。努力过后，才知道坚持的伟大。能扛事，是气魄，是一种人生魅力。

## 【阳光与成长】

生活中，常遇烦恼，其实每一次烦恼的出现，恰恰是一次给我们寻找自己缺点的机会。究其原因,发现每一个烦恼的根源都在于生气,是因为自己不够大度;郁闷,是因为自己不够豁达;焦虑,是因为自己不够从容;悲伤,是因为自己不够坚强;惆怅,是因为自己不够阳光;嫉妒,是因为自己不够优秀……人生的每一个抉择都像是一个赌局,但输赢都是自己的。选择了就没有反悔的机会,输不起的人,终究也赢不了。唯有面对,所有事都会迎来阳光,在阳光下过好每一天!

## 【磁场】

谚云:物以类聚,人以群分。朗达·拜恩所著《力量》中说,每个人身边都有一个磁场环绕,无论你在何处,磁场都会跟着你,而你的磁场也吸引着磁场相同的人和事。你有什么样的磁场,就会过什么样的人生。当一个人的思想还没有强大到自己能够完全把握自己的时候,就需要在精神上依托另一个比自己更强大的人。这就说明和优秀的人在一起很重要。和有正面磁场的人相处,即使遇到不如意时,也会被磁化,积极乐观,会把自己变得自信阳光。《荀子》曰:“蓬生麻中,不扶而直;白沙在涅,与之俱黑。”人会本能地跟随着身边人的行动,所以,如果你无法做到自律,还有必要在朋友圈中找一个正面磁场的人。有了更好的圈子,才能把自己改造成更好。

## 【互补与成长】

这是一个张扬个性的时代。外向人更易受欢迎,无论是工作上还是生活中,他反应活跃。但内向也从来不是成功的障碍。相反，某些领域更适合内向的人去做。内向不等于害羞，只是接受和处理刺激的方式不同。在现实生活中，外向者往往表现得好斗，遇到事情容易亢奋；内向者沉稳，历史上一些有改革能力的领袖式人物，如达尔文、乔布斯等，他们喜欢独处，但又愿意将创新想法交给属下去自由发挥，让别人在舞台上一起发光。我们要尊重外向型者的活跃，分享生气，又要借鉴内向型的沉稳，使二者互补，更好地成长！

**【格局与作为】**

《曾国藩传》有云："人没格局，比没钱更可怕。"有格局即具有高智慧、高智商，是一种平静、平和的内心状态，遇事不惊慌，泰然自若，不断升华自己，不与人斗气，有眼光、有心胸，且心无旁骛地朝着目标前进。格局决定了结局，决定了人最终能飞多高、走多远。大境界才能有大胸怀，大格局才能有大作为。决定人生前途之上限的，不是能力，而是做人做事的格局。

## 【人与环境，构成你的成长】

人乃是环境的产物，只有把自己的位置放对了，才会有正念、正见、正语、正行，才能充分发挥作用。然而你的责任就是你的方向，你的经历就是你的资本，你的性格就是你的命运。多少人忽略了这简单的道理，又有多少人觉得一切都理所当然。骑自行车使劲踩一小时最多也只能跑十公里左右；开上汽车，至少能跑一百公里；坐上高铁，闭上眼睛一小时能跑三百公里；要是坐飞机，却能一小时到一千公里以上。人还是那个人，只是平台不一样，载体不一样，于是结果也就不一样了。所以，选择比努力更重要。生活中，找对平台，交对朋友，跟对领导，再加上努力，则事半功倍。

## 【平台与潜力】

工作，虽然无法尽善尽美，但还是要感谢平台，感谢每一次机会，满怀深情去做好每一件事。即使屈居人下，也要视为自己发展的开始，一段新的体验。千万不要自己有不足，还瞧不起工作平台或岗位。须知每一份工作都有宝贵的经验和资源：失败的沮丧、成功的喜悦、领导的严苛、同事间的竞争，都是你体验和感受的锻造。领袖的责任就是放下架子，能够对人说声谢谢！成功的第一步就是先存有一颗感恩之心，自己的现状哪怕多坎坷、多艰难，也要坚持岗位，心存感激，对别人心存敬意，尽最大的努力考虑回报。人，只有懂得感恩，才发现有人在为你开启一扇神奇的力量之门，发掘你无穷的潜力。迎接你的也将是更多、更好的成功机会。好的平台都从成长开始。

## 【成功与借力】

成功，不仅仅是靠努力，还要靠借力。每个人都希望自己成功，可有些人做起来却感觉力不从心。所以，努力奋斗的前提是要先有平台。《三国演义》里的诸葛亮借东风，诸葛亮也是先有平台，才有借力的机会。

## 【千里马与伯乐】

今天你做的每一件事情看似平凡或微不足道，其实你的努力都是在为你的未来积累能量；今天你所经历的每一次挫折或打击，甚至让你抬不起头来，跌入谷底，但切勿沮丧，因为都是在为未来打基础。千里马也是需要平时的努力锻炼，等待着伯乐的发现，获得机会。否则，虚度时光，青春已过，即使伯乐来了，你也已经是一匹老废马了。所以，昨天怎么样已经不重要，重要的是今天你做了什么，明天该怎样做，去完成人生目标。

## 【低调】

《菜根谭》中有一句话："地低成海，人低成王。"一个"低"字，却能演绎出深厚的境界、风范和哲学，值得世人探索。人生处世若懂得这一点，就可以寻得自己的一方天地。《老子》亦云："圣者无名，大者无形。"真正的强者总是莫测高深，不显山不露水，默默耕耘，苦心孤诣，修炼自己。低调，是藏锋守拙的修炼结果。可世人要做到很难！低调也并不是压抑自身的欲望，而是自然而然，修身养性，做到凡事顾全大局，有一定的大局观，想别人所想，有合作共赢的觉悟。

**【人生不是靠解释的】**

人生是非曲直，无须争辩，时间会证明结果。若半生将过或已过，更宜沉默，多留空间，看书、写书法、听歌、旅游，让心灵稍作休息。懂你的人，知你，爱你；不懂你的人，解释再多，也无意义，还不如保持点矜持，做好自己。得失淡定，乃是生活之本质。

**【成长与三能】**

人生必须具备三能。三能，一曰勤，二曰俭，三曰静。勤能补拙，实乃良训，一分辛劳一分才。俭养廉，奢养贪，粗茶淡饭传家远，昔曾文正公就是这样做的，于是他成功了。静能生悟，淡泊以明志，宁静以致远。所谓三能者看似简单，可做起来则需要相当的耐心和虚心。一分耕耘一分收获，有付出才会有回报，这是最简单、朴素的真理。人的成长，就应从正确的“三观”和“三能”开始。

**【最没风险的投资是读书】**

世界上最好的投资就是最没有风险的投资——那就是读书，读书让人懂道理，让人有远见。读书让你增长知识，知识多了，脾气少了；学习让你丰富经验，经验多了，错误少了。智商高容易找工作，情商高有未来，逆境商可以让自己变得登峰造极。但世界上最多有不到5%的人取得真正的成功。过期的食品不能吃，那过期的观念足见也不能用了。成功是看到了自己的短板而且补齐了短板。学习成功的本领才发现世界上最大的敌人,不是别人而是自己。所以,成功有时是在成长的路上诞生的。

## 【学无止境】

古云,学无止境。反过来,不学习,或者拒绝学习,就等于拒绝成长。有谚云,活到老学到老。家长不学习,会被孩子看不起,并且越来越有代沟。夫妻一方不学习,就会有隔阂,渐渐影响感情。一个人不学习,就会与社会脱节,跟不上时代的步伐。但学习也是需要有方向的。一般来说,思想观念40%+人际关系40%+专业知识和能力20%=成功。可从这个公式里寻找出自己的短板,缺什么补什么,学有用于社会、有利于你成功的,先学习后成功。

## 【聪明人在下笨功夫】

胡适先生曾说:“这个世界聪明人太多,肯下笨功夫的人太少,所以成功者只是少数人。”钱锺书先生也说:“越是聪明人,越要懂得下笨功夫。”在现实生活中,要想有所成就,须知心在一艺,其艺必工,心在一职,其职必举。这就是成长的突破。

## 【接受批评】

生活中,人往往都不爱听批评的话。殊不知,善意的批评是一种真诚的爱护,是宝贵的支持,如果没有一定的交情,一般人是不会冒着得罪人的风险,随便批评人的。所以,要深知批评你的

人乃是你生命中的贵人，值得感恩！我们的成长过程，从小到大对你批评最多的是父母，其次是老师。那么，我们为什么要接受批评呢?“忠言逆耳利于行。”放下虚荣、放下矜持、接受批评是对自己的考验，是思想交锋的过程，也是促进自己提升的过程，使我们的思想在洗礼中得到升华。

【生活与现实】

经营自己的生活也要像栽培鲜花一样，要精心为它合理地浇水、施肥、铲土，让鲜花根部吸收新鲜的空气和养分。在日复一日的岁月里，不慌不忙，只要每天都在成长，总有一天会长出盛开的花朵。人生最可怕的是失去了内心的期待和梦想；要懂得调整心态，面对现实去生活。不因风雨的阻挡而烦恼，不因别人的嘲讽而困扰，以淡然的心态去面对所有的残酷和美丽。培育鲜花要精心，经营生活靠心态，让梦想茁壮成长，人生便会活色生香！

## 【朋友是一本好书】

世界是一个大舞台，而每个人都似一本书。读人，比读书更难。人的知识、智慧、品德和气质，是一个人真正的人生价值。读别人也是读自己，用放大镜看别人的真善美，汲取营养，完善自我。每个人都似一本书，一本好书是一个朋友，一个朋友更是一本好书，朴实无华，或许足以在我们意志最薄弱的时候支撑起你的人生，引领你成长。

## 【经历助力成长】

人的成长和进步是需要靠经历的，这与学历和地位无关。只有经历了艰难困苦，才能使你感觉到进步的不易，于是，也只能更坚强，愈挫愈勇。遇到困难，也不会抱怨别人对自己的帮助不够，而是考虑自己怎样迅速强大。岁月无情，不仅会改变世界，也改变人生。不经意间沉淀了我们的心境，要活得清明，接受年龄的增长，饱受沧桑，珍惜这个世界为自己带来的幸福和快乐，不再让自己卑微，充分发挥自己的人格魅力，坚定走自己的路。在平淡而又真切的岁月里，活出自己的气质和模样。

## 【奋斗助力成长】

“岁月静好”并非适合所有年龄段的人，尤其年轻人。在该奋斗的年纪，如果一味去追求岁月静好，如何提高自己的能力？趁着年轻，当在千锤百炼的过程中，不断磨砺提升自己，不断成长，而不是选择安逸，自甘落后。而真正让人变强的过程，无不是扛起一切困难。生活教会我们成长,你若要堕落,神仙也救不了你;你若要奋发图强,绝处也能逢生。舞出自己的精彩,助力自己的成长。

【圆规】

回忆童年,上数学课时带着圆规,于是突发奇想,为什么用两只筷子无法画圆,而圆规可以。因为圆规的支点不变,而另一点却按规矩勤快地走。支点即初心。同样是人生,为什么有些人一事无成,而有些人梦想成真?因为成功者一直在努力,从未忘记初心。在奔跑的路上,要保持自己的热血激情,守住自己内心,追求自己所想要的,砥砺前行,守住支点,直至梦想照进现实。而前行的路上,有一程又一程的风景,一段又一段的感悟。无论世事如何多变,自己都要淡然;无论时光如何流转,不忘初心,方得始终,给自己一份坚定,让自己更好地成长。

【成长与素养】

一个人,要想使自己更好地成长,需读书。读书可以使你丰富知识,在书的熏陶下,你会更有底气、更加从容地应对人生的坎坷荆棘。在你的气质里,藏着你走过的路、读过的书。读书使你充实自己,丰富身心。如果博览群书,就算是最后跌入深渊,你也会有不一样的心境,懂得自己应当如何面对。当你处理起同样的事情,你也会有不一样的素养。总之,多读书能使人加强文化底蕴,这是不争的事实。

【重复的能量是相乘】

不忘初心含义是不忘最初的信念。人生道路不在于你的起点，而在于坚持，心在哪里结果就在哪里，一切皆有可能，全在于自己的抉择。好的心态，会支撑你一路发展；眼界会决定你选择的方向；格局意味着你做出成就的规模；毅力支持你走得更远；用心注定你做出多好的成就。成功的路上，不怕阻挡；成长的帆，不怕狂风巨浪。不忘初心，方得始终。初心易得，始终难守。须知重复的能量，不是相加，而是相乘，促进成长。

【磨砺与成长】

做事先做人。最辉煌的事业也是由人做出来的，因此，重视人的因素是一位优秀领导者必须具备的基本素质。领导者不仅要具备组织与协调能力，更要有掌控全局的能力，那就是领导力。领导者首先内心要足够强大，能够承受别人无法承受的压力和委屈，磨砺自己。把视野从自己的团队扩大到世界，不断吸收世界各种先进的文化，汲取先进经验。然后寻找身边隐藏的机

会,把它变成自我完善的动力。只有具备了领导力,才可以有效推动执行力。个人靠成长,团队更靠成长。

## 【成长与平衡】

生活中,一个心身平衡的人不仅会做好自己的工作,也会懂得帮助周围的人。达到平衡并不是表示生活中各个层面都处于平庸的状态下,反之,平衡显示每件事都在良好的状态中。然维持平衡也不是降低水准,而是提升到新的境界。如果你的事业飞黄腾达,家庭和谐没有做好,甚至后院起火,或者社会声誉又不好,评价极差,那么,你即使表现得很优秀,也绝不是一个成功的人。人生需要实现最高的自我,创造出独立的成功意义,才算赢家。

**【掌控命运】**

境由心造。一个人，心念变了，其心态也就变了；心态变了，其德行也就变了；德行变了，其气场也就变了；气场变了，运气也变了。一个人的命运变好变坏是完全掌控在自己手里的，因为改变命运真正靠的是自己的正能量，厚德才能载物。

**【热爱与创造力】**

人皆需要有热爱。假如没有热爱，这个世界上一切伟大的事业都不会成功。热爱，反映一个人的觉悟，体现一个人的思想境界，表现一个人的格局，是干事创业最具活力的因子。因此，生活需要热爱，工作需要热爱。当你选择了某个职业，就是选择了一种生活方式。有了热爱，则会自觉地把苦难作为砥砺自己的磨刀石，在挥洒青春、热血和汗水中勇敢前行，创造美好未来。

**【单程路】**

“老板生病，员工吃药。”过于自信的老板一般都不太愿意承认自己的不足和武断，出了问题总要从别人那里找原因——找人垫背，不仅扼杀了创新思维的发挥，还容易加大决策失误的概率，更甚者使内部坏消息不敢及时上报，导致整个局面的失控。聪明人从错误中学习，智慧者会从别人的错误中学习。在现实生活中，犯错需要付出代价，承认错误会丢面子，于是，勇于承认错误，需要理性修为。人生道路走的都是不可逆的单程路。唯有谦虚谨慎，戒骄戒躁，踏踏实实地走完人生成长之路！

【动与不动】

人的思维深度，可以决定你一切行动的高度。有云："人生，就是一场邂逅问题的修行游戏。"在现实生活中，你不论是在走荆棘丛生的小路，还是宽阔的草原，问题就在于你脚下的路，你只有一直走下去才会得到延伸。而命运就隐藏在我们思考的方式里，活跃在想象中。真正厉害的人，不是先行动的人，而是最快发现问题的人。因为当你还不知道如何行动时，最好的行动就是什么都不要动，此时，最好的决策也就是什么都不要决策。最好的成长就是在这样的路上走出来的。

【自律】

生活中，不是优秀了才自律，而是自律了才会变得优秀。越自律越优秀；越自律越幸运，人和人之间的差距就是这样逐渐被拉开的。"所有的懒惰、放纵、自制力不足，根源皆在于认知能力问题。"一个人的自律中，隐藏着无限的可能性，你自律的程度，决定着你人生的高度。人生没有捷径可走，但你所走的每一步，却都是算数的。综观历史，真正能够登高远眺的人，永远是那些非常自律、坚持不懈地在成长中往前走到底的人。

【宏观计划与刺猬思维】

《论大战略》一书中用军事家孙子的思想，以讨论战争和战略的逻辑，展现出中西方战略逻辑的跨文化关联性。英国哲学家赛亚·伯林在1953年写的《刺猬与狐狸》描述思维的差异，狐狸追逐多个目标，其思维是零散、离心式的；而刺猬的目标却单一、固执，其思维坚守一个单向、普遍的原则，以此规范一切言行。在现实生活中，我们不妨引申为：狐狸型思维的人善于归纳各种不同信息，而不是仅依宏观计划进行推导；刺猬思维的人则恰恰相反，拒绝批判和反思，会沉浸在自己先入为主的观念里。我们在工作中，如果把这两种不同的思维方式紧密地联系在一起，进行合作，即把刺猬的方向感和狐狸对环境的敏感性结合起来，也许就能孕育出成功的大战略。

## 【成长的磨砺】

人生道路，曲折多变，所以，需要一个良好的人格魅力支撑，然真正塑造人格的是挫折和苦难，现实的艰难困苦正是完善自身、磨砺人格的修炼机会。如果单纯地把工作视为获取物质的手段，那是一种偏执的思维。当然工作具有意义和价值，乃是人生生活的基本原则，但不管什么职业都是向社会学习的途径和促使自己成长的平台。真正塑造人格的动力，并非天资和学历，而是所经历的挫折磨砺。挫折和磨砺构成了人生道路的车辙，成为人生的图谱。为了提升心性，丰富心灵，就必须借助平台努力工作，磨砺有加，才能给自己的人生增添光彩，茁壮成长。

## 【匠心】

生活中，其实我们每个人都可以有一颗匠心，不仅是匠人才有。当你对某件事带有敬畏之心去做时，你就会始终如一地把它做好，你也不会觉得自己做得很辛苦，反而很快乐地接受。事业的成功与否，全在于你的一颗心，有了一颗匠心，方可把事情做到极致。在这样的心态里成长，就会为未来的成功打下良好的基础。

【渔与鱼】

打工绝不是仅仅为自己的工资打工，而应当把领工资的地方看成是自己人生奋斗的平台，把自己潜在的优势发挥出来，只有自己的潜能得到开发，并且充分地发挥才能，否则就是一个包袱。工作不仅是一份薪水，而是机会，给你一个培养和锻炼的机会，因此要好好把握这个机会。千里之行始于足下，懂得把握机会的人才会笑到最后，有了平台如果无视平台，不加以珍惜，最终的命运就是末位淘汰。把打工看作是成长平台，那么你的内心就足够平衡，要为自己的成长寻找更好的铺垫。

【才识并举】

古有"才多识寡"之说，可以理解为只有知识，缺乏见识。识是指一个人对其所处的自然与社会环境的清晰而正确的认知。这并非一个人的天分禀赋，是需要通过一定的社会经验沉淀。人有才，想要有用武之地，还需有见识才行。将学校里所学的知识，通过社会的磨砺转化为学识，施展你的实际才华，体现独特的价值，让同事认可，让领导赏识。务必要避免才多识寡的缺陷，做到才识并举。

## 【思维模式】

生活中我们总习惯于用一种常规、固定的方式思考问题，长年累月地一成不变，按照一种既定模式工作与生活，从而形成了思维定式。如果我们在遇到问题时换一个角度，打破常规，一定会获得突破和创新。左右一个人成功的最关键因素是思维模式，而不是智商的差异，别人做不到的事情你做到了，这就是创新思维。

## 【战略指导与成长】

人皆渴望自己成功，于是获胜是必备条件，然获胜却需要战略指导。要学习成为杰出人物，把失败当成前进的动力，使成功成为最好的老师。做你必须做的，经常学习将保证你永远年轻，你的成长将永远不会停止。乐观主义者是唯一能在生活中取得胜利的人，使微笑成为你积极向上的标志。爱的伟大只有通过实践来体现，宽容大度是一个人对爱最高的表现形式，学会大爱会使你的存在具有更高的价值。一个人的创业和创新，先要具有一定的思想，思想使人强大，理想使人战无不胜。是故，脚踏实地，眼望星空，才能有博大的胸怀，把不可能的事变成可能。

## 【英雄不问出处】

齐白石先生并不是出生在书香门第，也不是绘画世家，起先父母让他学木匠为的是他能有门养家糊口的手艺。可他不甘心做普通的木匠，想要做艺术的木匠，后来成为著名的雕花木匠。

偶然间与《芥子园》邂逅，开启了学画之旅。在大多数人开始享受退休生活的年龄段，他却花十年时间闭门潜心研究如何转变国画画风，终成一代宗师。真是“英雄不问出处”。

## 【破茧成蝶】

人有自卑感，有时候并不是一件坏事，说明你很清醒地看到了自己还有很多的不足。自卑是暂时的曲折造成的，只要你比别人多付出数倍的努力，有足够的耐心，内心足够强大，总是会有破茧成蝶的机会。决定一个人能走多远的，永远是你正在走的路，以及路的方向，而不是出发时的位置。

## 【行与知】

生活中，当别人说了一些话使你觉得自己受到了极大伤害的时候，其实正是你反省的时候，也是能够促进你进步和成长的时候，因为别人的话很有可能刺中了你自己一向不敢面对的盲点。是故，人生之道路要求其知，方可有其行。知之真切笃实处，即是行。行之明觉精察处，即是知。这是人生道路成长之要略。

## 【成长的禀赋】

知识，是需要有生命的，一个人的知识有了系统和生命，也就有了个性。不同人的性格、禀赋、学问不同，观念也就不同。读书是有技巧的，举一反三、触类旁通，要富有创造性，把学到的知识装在脑海里成为一种生命，随时待用、发挥，并不是照搬模式即可。

【内心要强大】

伟人之所以能成功，归纳起来，是由于他内心强大，用自己的正能量净化、强化自己的内心。即使明知一时难以实现目标，但他仍然有强烈的使命感和责任感，直至成功。然内心弱小的人，意志薄弱，即使面前是一马平川的坦途，也会因为路途遥远而心有畏惧，一旦遇到挫折，便思放弃。只有内心强大的人才表现得积极进取，任何艰难险阻也无法阻挡其前进的脚步，所以一定能实现自己的目标。

【胸怀和大气】

一个人要有胸怀和大气，靠生活中的长期积累。生活中，培养包容的心态，形成大气的肚量。道不同未必不相为谋，为什么不能把敌人变成朋友？寸有所长，尺有所短，只要运用得好，就会

使境界大大提高，走向大气。古今中外，凡成大事者，无不日积月累，培养胸怀和肚量。人若在这样的胸怀和大气中成长出来，岂能不成功？

## 【小品位成大事情】

世界上第一架飞机试飞成功，是莱特兄弟的成就。那是同时代所有设计中最不像鸟的飞机。莱特兄弟俩只是高中毕业生，以修自行车为生，仅花了五年时间便研发成功，这个速度令同时代发明者汗颜。在此有一个至关重要的思维突破：莱特兄弟在着手设计飞机前，首先研究了十九世纪上叶空气动力学之父乔治·凯利的理论，从中得到启发，节省了许多时间，获得成功。在现实生活中，人们可能会评价他们的勤奋、勇敢和拼搏精神，但事实上他们的这些品格也是当时所有航天先驱者们的共性。而决定莱特兄弟成功的关键，应当是那些常为人们所忽视的“小品位”：勤奋之前的理性、勇敢之前的谨慎、拼搏之中的思考。生活中不可忽略这样的“小品位”，在你的创业路上一定会有用，也放大了人的成长范围。

## 【创伤可以自疗】

创伤，乃是成功路上的记号。遭受心灵创伤，不一定是坏事，可能会更激发你的斗志，因为每个创伤都是迈向成功之路的烙印，是生命中给你最好的东西。平静的人生是不会有多大的成就的，这有如永远平静的湖面训练不出精干的水手一样。安逸的环境，岂能造就划时代的英雄？因此，当你遭受创伤，甚至被折磨时，一定要冷静，自疗创伤，低下头来默默地提升自己的实力，只要有毅力，有恒心，有勇气，有信心，有方向和目标，成就自己。

## 【在实践中修正计划】

“人生不能事先把一个点连接到未来，只有回过头来看，才能把这些点连接上。”当年乔布斯如是说。一个人命运的改变并不是每一步都能事先计划好的。当然，机会是给有准备的人，一旦机会来了，把前面的努力联系在一起，成功也就离你不远了。凡事要有计划，这是管理学理论的精髓，但是没有任何人能把计划做到完美。与其把大量的精力和时间耗在计划上，不如边计划边实践，从实践中修正计划，也许会产生更多的机会，从而走好成长之路。

## 【眼光与行动】

读书万卷,志在千里。此乃知识和勇气的结合,是成就事业的基础,永不磨灭。一个人掌握了什么样的知识,就会成为什么样的人,如果真的做到了学识渊博,那么做任何事情都难不倒他。知识和勇气有如人们的双眼和双手,如果只有眼光没有行动,或者只有行动缺少眼光,都是不会有什么作为的。故知识和勇气,二者缺一不可,否则也一定不会有大作为的。成长之路是需要营养补充的。

## 【竞争对手可助你成长】

一个人,没有了竞争对手,可能就没有了奋斗的方向。因此,要用欣赏的眼光看对手,不要老是想着如何打败对手,完全可以换一个思维方式,设法与对手共存。如此,则有可能在与竞争对手的角逐中,得到推动,实现共赢,也有助你成长。

## 【考验不分敌友】

人生就是在成长中不断求索,不断实践,在实践和求索中成长,走向成熟。生活中通过对手对你的攻击来认识自己,是一种最好的考验。人生在前进路上,真正洞悉你、分析你、评估你和了解你的人莫过于你的对手,因为他们往往会最早也是最苛刻地发现你的缺陷与不足。学会通过对手来认识自己,促进成长,乃是最高境界。

## 【提高自己才不怕对手嘲讽】

诚信是为人的黄金法则。不要把别人对你的批评记恨在心里，不要把别人的表扬拿出来炫耀。遇到批评与表扬，若能反问自己为什么，可能结果就大不一样，这有助于你心态的平衡。心态越谦卑，境界越高远，承认对手的高明和优秀其实并不丢人。

## 【承认错误与不犯错误】

人生不怕犯错误，就是怕不承认错误。不承认错误是因为没有勇气承担责任，还极力去掩盖错误。殊不知，人生最大的错误不是不犯错误，而是不懂得总结反思错误。承认错误是人生成长之路需要做好的课题。

## 【不要为失败找借口】

不要为失败找借口，而要为成功找方法。据说，这是美国西点军校奉行的行为准则之一，是传授给每一位新生的第一个理念——不要为失败找借口。生活中有些人失败了，总是喜欢为自己寻找借口，而不是积极地去寻找失败的原因，也疏于吸取教训，更没有思考用什么方法来解决问题，结果就是下一次难逃同样失败的命运。其实，失败是成功的必经之路，不用掩饰，也不丢人；更重要的是要有勇气，面对现实，为了下一步的成功，更要检讨错误，总结经验教训，才有可能最终抵达成功。有了正确的思想，才可以走好人生未来之路。

### 【意志层面】

接受挫折对人的教育主要是在意志层面而不是经验层面。如果经验只能从错误中学习，那么估计没有任何人能够继续成功的，经验其实也可以从实践、从书本、从伟人身上学习的。唯独意志只能靠自己的心力。几乎所有成功者都遭受挫折和打击，但都认为挫折成就了自己。“愈挫愈勇”就是这个道理。

### 【规划与胆识】

人生要有规划，有了规划则可以合理地分配你的精力和时间。规划要有眼光。要具眼光，先开眼界；欲具胆略，先练胆识。目标的威力是巨大的，缺乏一个明确的梦想，也就无法对人生设定目标，如果你不知道要到哪里去，那通常你就哪里也去不了。所以人生规划是要使你的注意力集中起来，在一个特定的时间范围内可以充分地发挥你的智慧，使自己的人生充实而又有意义。

### 【知止与知足】

友人家客厅里挂着一幅字，上书“知止”二字，笔力刚劲，龙飞凤舞，细看乃是弘一大师所作。老子言：“知止不殆，可以长久。”那么何为止？心之所安而为止也。深刻体会后我们发现，知止比知足的境界更高一层，知足只是不贪，而知止是不随、不要，或曰够了。即使面对强大的诱惑力也不为所动，保持初衷，守住底线。

## 【挫折与转机】

挫折与失意虽然是痛苦的教训，但包含着人生哲理，有可能把你送到智慧的彼岸。造就一个人成功的绝对不是安逸，而是努力；不是顺境，而是困厄。一个屡挫屡败却百折不挠的人，肯定比一个一帆风顺的人更有可能取得成功。一种伟大的思想，往往在反思中得到启迪，在痛苦中孕育，在磨难中成熟。遭遇挫折往往是迈向成功的转折点，因为挫折中蕴含着成功的种子。一个人如果能够把握住每一次挫折的转机，就可能一步步迈向更高的阶梯。这就是成长。

## 【负面情绪与心理素质】

生活中，一个人的承受能力是心理素质的表现，一个人能有多大的发展空间，往往取决于他的心理能够承受多大的压力。一个心理素质差的人往往是因为他的得失心太重，殊不知，越害怕失去，心理压力就越大，最后真的反而会失去，这是心理学反常定律。所以，提高人的心理素质，放眼未来，跳出得失心的影响，控制挫折与困难所带来的负面情绪的无限放大，提升自己的心理素质，才能成就自我发展。

## 【智商与情商并举】

成功人士一定会具备两个要素，即智商和情商。然智商是先天所赋，或许人皆有之，而情商却就大不一样了，有智商的人并不等于就有情商；而有情商的人恰是具有一定的智商基础。因为哪怕有多高的智商也需要在锻炼中更好地利用、发挥,并与后天努力相结合。先天赋予的智商,更要在情商的基础上锤炼、培养,认识自我、认识社会。两个方面更好地融合,才能展现出成功者的个性魅力和哲学思辨能力。

## 【自信与信心的结合】

自信与信心是两个不同的概念。一个具有自信心的人一定是一个客观的、开明的人。自信的内涵和基础是对自身作出客观而合理的评价,再根据自身条件作出正确的判断。这是个过渡行为,它将自身能力、现实条件与最终的成功有效地联系在一起,客观地认识自己并且寻找出自己存在的缺陷和需要改进的不足。这是一种靠意识判断促进与延伸的行为,需要对自身进行客观理性评估,找出阻碍成功的问题,并解决问题,为成功创造有利的条件,最终实现成功。

## 【试金石】

挫折是一种试金石。其实,挫折只是一种表象,它的本质是问题的积累加自身缺陷的积累,因此,有必要通过寻找问题的本质,找到引发挫折的根源。遇到挫折时,应当反思自身原因。确定了挫折产生的根源在于自身,那么,可以确定挫折的产生是必然的,而不是偶然的。对待挫折的态度,往往可以决定一个人的发展方向,所以切勿被挫折挫败。

## 【功到自然成】

成功贵在坚持,要取得成功就要坚持不懈地努力,功到自然成。这个世界上不会有一直成功的人,也没有永远失败的人,生活中会有时来运转的可能。一次失败就是一次挑战、一次机遇,如果你不是被失败吓倒,而是奋起一搏,也许下一步就有超越自我的奇迹发生。

## 【成功是挑战自我】

成功是一种挑战自我的过程,需要有胆量、谋略。世界上许多伟大的成功者都是敢想、敢做、敢于成败的人;而那些所谓智力超群、才华横溢的人却因瞻前顾后、不知取舍,终究是一事无成。天赋、运气、机会、智慧是成功的关键因素。失败者是因为三件事

没有做到位，即缺乏敢想的勇气，缺少敢做的能力，缺少敢于失败的决心。

**【成长是累积过程】**

成长是一种累积的过程。不论你做什么，想要攀上顶峰，通常都需要漫长的努力和精心的规划，而且还要养成自动自发的习惯。一个只有在领导注意时才去表现的人，是永远到不了巅峰的，因为最严格的标准应该是自己设定，而不是由别人要求和提出，这才是人生的正确成长。

**【白人低头是为了少吃亏】**

向人低头是一种风度，是一种谦虚的态度，是一种境界的表现，实际上是学会做人的一种策略。因为在这样的过程中，没有人会和你较劲，而你正好可以一点一滴地积累，为的是让自己少吃亏，也为了与人建立信任机制，让信任带来力量，促成自己的成长和发展。

# 社会篇

## 【有用与有料】

有人说，既要懂得交友，又要谨慎交友。不管怎样，一切都得从自己做起，方能获得朋友对你的信任。第一，你要有用。有丰富的知识，能带给别人有用的价值。第二，你要有料。你要有充分的阅历和足够的社会知识、社会经验，跟你相处能帮助朋友打开眼界。第三，你要有量。你能聆听别人的想法，帮助朋友厘清思路，去伪存真，然后发表有启发、有价值的见解。第四，你要有容。当别人与你争论得面红耳赤时，你还能充分认可别人的价值，包容体现了你的人格魅力和智慧。第五，你要有趣。趣即情趣，亦即幽默多多，能鼓励朋友走出阴影，带给别人愉快的心情，和你在一起感觉总是很舒服，有如拨开云雾见晴天。第六，你要有心。用心去和人做朋友，没有虚伪，没有阴谋，发挥你的情商，把人脉变成金脉，发挥你的正能量。

## 【年轻与心态】

年轻是一种自然美，男女都一样，无须刻意装饰。但年轻不仅是一种状态，更是一种心态的选择。一个内心丰盈的人，会用心生活，充满智慧，不会在岁月蹉跎中老去。自有一种强大的气场，认清自己，从不迷失方向，更不轻易服老。因为看过了世界的残酷之后，发现这个世界并非绝对残酷，还有轮回的潜力，只要对生活充满热爱，做到自律，潜心提升自己，等待时机，厚积薄发，相信这个世界还是美好的。即使奔五、奔六，直至暮年，也可以去积极尝试新鲜事物的发展。

## 【平凡与不平凡】

平凡和不平凡的区别在于一念之差。不平凡的人在逆境中会悟到真理，看清客观规律和社会真相，从而抓住机遇，努力奋斗，创造奇迹。而平凡人一遇到绝境就选择退缩、放弃，于是也就没有了机会。古云，生于忧患，死于安乐。人生在顺境中容易丧失斗志，对环境的变化容易脱敏，甚至钝化，生命中最昂贵的豪迈和激情，也在一点点丢失。而聪明的人会把自己的平凡变成不平凡，在逆境中不断反思，虚心学习成功的经验，改变自己，把自己变得不平凡。

## 【道德与制度】

管仲有云："道之国，行治修制，先民服。"提倡用制度来治理国家，使民众信服。一个社会、一个人乃是一个国家的缩影，如果缺失制度，完全指望靠道德来约束人的行为，是根本没有效力的。约束机制的不足会导致权力的腐败，道德的力量终究无法替代制度，只有好的制度才能扼制坏人的发展，使社会平和。况道德不是义务，只是一种良知，任何人都没有权利要求别人牺牲自我成全他人；制度是公民要遵守的规则。因此，人首先是遵守规则，再来谈道德。相形之下，违背了规则制度的道德是没有任何意义的，若只谈道德不讲规则，社会就变成了虚伪的社会。只有建立起强大而具有约束力的制度，使社会的运行及和谐得到保障和稳定，将事半功倍。

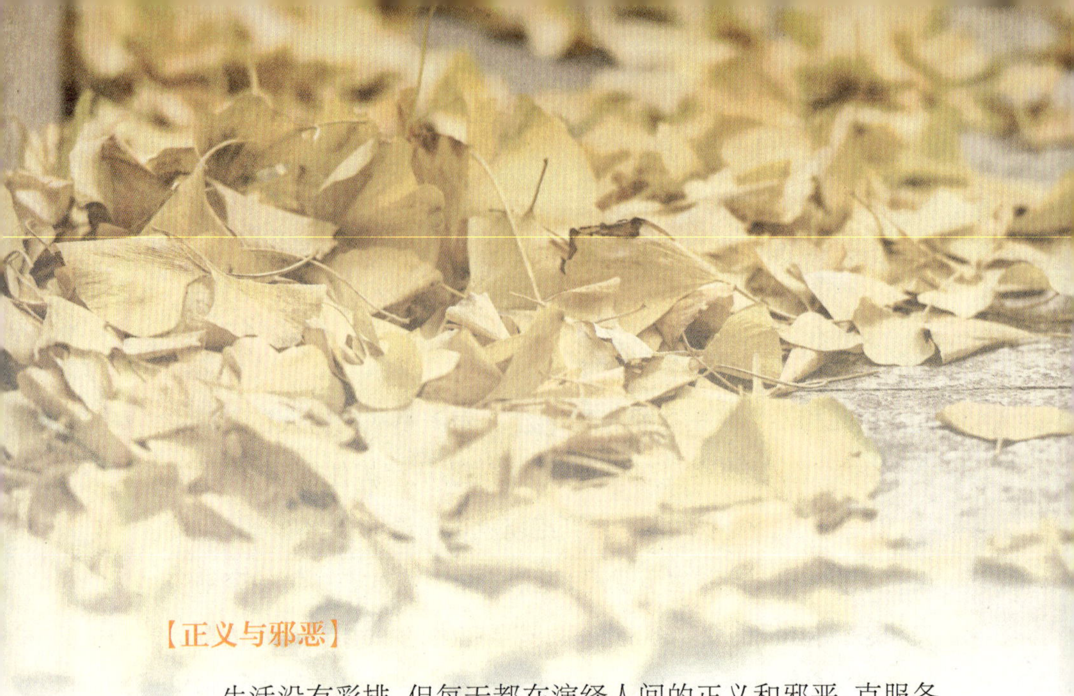

【正义与邪恶】

生活没有彩排，但每天都在演绎人间的正义和邪恶，克服各种困难，解决所有矛盾，走向真善美。《论语》云：“中庸之为德也，其至矣乎。”但中庸不是没有原则，人云亦云，而是不偏不倚，保持均衡。要想改变人间邪恶，还真是不容易。首先是要强国强民，强大了才有实力，强大也是靠实力来支撑的。个人潮起潮落，往往不是败给命运或他人，而是自己。不必怀疑，我们都在走向成熟，走向巅峰，奋起打击邪恶。

【被动收入与主动收入】

人人都渴望成功，希望有朝一日能够实现财富梦，创造更大的人生价值。但是，如果不持有资产并产生资产性收入，通胀、贬值会使贫富差距越来越大，在农耕社会里，土地资本最赚钱；在工业社会里，工业资本最赚钱；而今天，最赚钱的是金融资本。当今社会，劳动就业，只能保障一般性的生活收入，实现财富梦的概率很小。而财富却是劳动以外创业和资产性收入的基础。从经济学理论来分析前两个世纪中，除战争和动乱时期以外，资产性收入的增速基本都高于劳动性收入的增速。于是，如今低层大众尤要学会理财，将自己的有限收入积余放大。要有新的认知——不是有钱了才理财，而是理财了才会有钱，要化被动收入为主动收入。一样的本金，不同的处理方式，产生的收益是天壤之别的，这就是学会理财的意义。

## 【找对方向】

人生就像走路，背负的东西越多，走起来就越累，于是，只有活好当下，学会放下，才能轻松前行。这个世界没有绝对幸福的人，只有不肯快乐的心。人的一生走过的路，恰是弯弯山道，要想顺利直通生命的远方，心灵的方向盘就要不断调整，心明则清，做到与时俱进。要坚持不懈地努力，不管风吹雨打，保持初心前行，一生奋斗不息。只有自己努力了，奋斗了，找对方向，成功也只是时间问题。如果你现在的生活还不是你想要的，你也不要着急，不要焦虑，不要沮丧，静下心来，沉住气，调整好心态，放下包袱，把该做的事都做好了，那么，一切都会迎刃而解。一个人心若止水，身在顺境；心若浮躁，身处逆境。境由心生，你的心里足够宽敞，才能看得清你的周围环境是清沌还是黑暗。一个好的心态才能把生活过成诗——宁静致远！

## 【气质与本性】

当今社会，人们比较注重颜值。但是人除了颜值美之外，还有心灵。五官之美如鲜花绽放，直接；而精神之美有如暗香浮动，需要依托，靠修养方能呈现。古云：心有境界行则正，腹有诗书气自华。一个人的精神长相，是一种看不到的能量，它却能决定你的精神力量。《六祖坛经》有云，一切福田都离不开心地。心田播下善与恶的种子，到时候会结出善与恶的果实。一个人真正的资本，并非单纯的美貌、金钱和学问，而是自带的不会随着岁月变迁而消失的精神长相。有了美丽的颜值之后，更要用心建设美丽的心田，若要使自己具有高雅的气质、优雅的姿态，走路时要记住路上走的不只是你一个人。

## 【选择领导要有方向】

选择领导也是需要方向的。你选择追随什么样的人，也许就决定了你的未来将成为什么样的人。判断一个上级领导是否值得自己用一生的时间去追随，是需要慎重考虑的事情。因为不仅关乎自己一生的前途，更重要的是关乎自己一生的品德培养。一个优秀的领导者，绝不虚伪，表里如一，让你不会心存芥蒂，大胆去接受指示，照办执行，无须后顾。因为这样的领导信守承诺，敢于担当，始终言行一致。跟着这样的领导，你会处处受他的影响，无形中使自己的职业素养和职业道德得到很大的提升。那么，早晚也会和他一样成为同类人。

## 【庸才与成本】

二十一世纪了，市场最“贵”的是什么？是庸才。优秀的人才是最“便宜”的，因为他可以帮你创造更大的财富。可庸才不但不能创造价值，甚至还会破坏价值，使成本更高。当然，庸才的“贵”也不是直接贵在价值，而是贵在成本上。企业家应当随时注重这种隐性成本，分清庸才和人才，不可疏忽庸才带来的负担。

## 【君子与小人】

孟子曰:“无恒产而有恒心者,惟士为能。”从现代看,恒心就是指稳定的价值观体系,有没有稳定的价值观是士与庶民的不同。孟子又曰:“由仁义行,非行仁义也。”可见孟子也并不是把仁义看作外在的规范和要求,而是把仁义看作是人类内在的本性。君子全德,要整体提升人的品格和觉悟。而人若皆在这样的思想环境里成长,那么,这个社会就会小人越来越少,君子越来越多。

## 【城府】

说某人城府多深,乃是说某人思维深邃。一个有城府的人也不是看不透世界的纷纷扰扰,而是看清楚后选择了让自己安静下来,不去刻意证明自己的对与错,选择用另外一种方式看世界,看透生活背后的真相。当一个人内心足够冷静时,就不容易陷入浮躁而不知所措,也不会让自己被眼前的一些假象所迷惑,而选择忠于内心的认知,笑看这纷繁复杂的大千世界。因此,我们不能把城府的概念贬义化,而是看其三观有多正确,行为多有征服力。

## 【努力与选择】

选择大于努力。此说虽然有些绝对,但不是牵强,是实践的真理。在现实生活中,选对了领导,选对了团队,事业发展就会比较顺利。选择错了方向,那么,即使你才华非凡也会被埋没,生活也就一团混乱。亚马逊全球富豪榜排名第七者贝索斯说:“是选择造就了我们的人生。”选择大于努力，并且要懂得坚持，还要学会及时止损。当你发现自己走错了路，那么一定要勇敢果断地停下脚步，重新选择。当你发现自己方向错了，你能够立即停下来就是一种进步。只有确定选对了方向，那么，向前走的每一步，才能更接近你的成功，幸福也就伴随而来。人生短短百年，一晃就到，也许生活很残酷，但是生活也慷慨地给予了每个人重新选择的权利，执不执行那看我们自己的造化了。

**【同行有师】**

三人同行，必有我师焉！到了现代，即找到朋友中胜己者。朋友，是除了自己读书、学习之外一个人重要的价值输入渠道。汲取朋友的知识、灵感、经验及自己所没有的优点，学习他们与众不同的品质、理念、眼光和格局，那么，自己就会在潜移默化中得到提升。古云：“高山仰止，景行行止。”当我们选择了优质的朋友，参考学习他们的三观、品行、举止和行为准则，那么，我们也会在胜己者的影响下，慢慢地改变自己，提高境界。

## 【格局与收获】

何谓格局？格局者纵向看是眼界，横向看是胸怀，浅显看是行为，深度看是心态。如此，则以眼界、胸怀、行为、心态组成了一个完整的格局。做好自己的格局，保持归零的心态，不卑不亢收获感情，不骄不躁收获未来，不气不馁收获人生。足矣！

## 【认识自己，创造力量】

当今社会提倡“做人先做事”的哲学思想，这是非常值得深思的。可学好做人很难，但又不难，只要做好两件事即可。一曰对付他人；二曰对付自己，但归根结底还是对付自己，因为懂得如何对付自己，也就知道如何对付他人了。然而，自己不易对付，主要原因是不易认识自己。而认清自己最好的镜子是世界。看清了世界，也会认清了人性，自然也会认清了自己。但是，若有自知之明需要很深厚的学识、经验。于是我们就要多读书。子曰：“知之为知之，不知为不知，是知也。”认识到自己所看到的小天地之外还有无边的世界，会激发你去创造无穷的力量。

## 【拼与争】

当今社会，其实机会还是很多的，为了达到最终目的，过程可以有很多种选择。拼你想要的，争你没有的。宁可拼搏累死，也不可以在家闲死。什么是奋斗？奋斗就是看一天很难，要是乘以365，那就是不断累积，就是越来越容易。如果不奋斗，那么，过一天很容易，可乘以365，结果就越来越难。

**【交友的选择】**

以下四类人值得进一步深交：一是喜欢你的人，当你在困难时无须你明示就能帮你搞定事情；二是有一定正能量者，在你情绪低落的时候陪伴着你鼓励你；三是一个为你领路的人，带你走出泥泞和雾霾；四是找一个师长式的人做朋友，肯随时批评你、纠正你、监督你和提醒你，让你时刻认识到自己的错误和不足。有了这样的四类人做朋友，你的生活会充满阳光，事业才会蒸蒸日上。须知财富不是永远的朋友，而朋友却是永远的财富。

**【朋友的去留】**

真正的朋友，不是先来的人或者认识最久的人，而是那个来了以后再也没有走的人。无论你是成名还是落魄，都默默地站在你的背后，伸出无形的双手，给予你力量。真正的友谊是体面而纯洁的。高质量的友谊总是发生在优秀的独立人格之间，它的实质是双方互相由衷地尊重和尊敬。因此，衡量朋友首先得检查自己，自己是怎样的人，就会得到怎样的朋友。人生因缘际会，凡走进了你的心扉的人，我们都要用心对待，好好珍惜！

**【一个人的价值】**

一个人的价值，是需要上级领导认可，团队认可，社会认可。人们常说，我没有功劳也有苦劳。其实，这个说法不具逻辑性，因为现在时代变了。衡量一个人价值的标准是结果，而不是过程，当然也包括忠诚度。邓小平同志提倡不管白猫黑猫，能抓住老鼠就是好猫，是不无道理的，是以业绩作为检验标准。努力奋斗，发挥智慧，才是人生上进的必备条件。没有业绩，你迟早是一枚被弃用的棋子；没有业绩，谈再多的苦劳都是白搭。用成绩来证明你的优秀，无人撼动，其他都是扯淡！

## 【自知者明】

老子说："知人者智，自知者明。"能真正认识自己才算聪明。可这个世界上的人要么高估自己，要么贬低自己，人生最大的不幸，就是无法认清自己。没有自知之明的人，始终掂不出自己的斤两，却又很容易被虚伪的赞美声所吞没。摆正自己的位置，不至于迷失心智。对自己有充分清醒的认知，才是成功的前提。

## 【平常心】

为什么生活中人们容易冲动、生气？冲动是魔鬼，生气是最愚蠢的。在任何时候都需要冷静、平和，怨恨和生气是浮躁与无能的表现。保持一颗平常心，不怨天尤人。要懂得生气等于慢性自杀；不生气才是人生的一种境界和气度。快乐、平和的心态是根除生气的良药。看开一切，用内心的阳光照耀自己，也就会照耀别人，把光明放进心坎里，黑暗自然会变亮。你做到了，自然也就不会生气了。

## 【平台】

在职场中，很多人觉得自己很有本事，其实大多是你适合了这个平台，而所谓的优越感只是一种错觉。回顾前些年红极一时的电视剧——《大宅门》，剧中人孙茂才是个穷酸秀才，靠卖花生缺斤少两赚点小钱过日子，投靠乔家后，自诩立下汗马功劳，傲慢无礼，结果被乔家下岗。可孙认为自己才华横溢，不甘平庸，遂投奔钱家，但钱家总管谓孙道：“不是你成就了乔家的生意，而是乔家的生意成就了你。”孙茂才再次陷入落魄的境地。当今社会，选择平台很重要，珍惜平台更重要，离开了平台，你什么都不是。也许你并没有你自己想的那么牛，平台是个放大器、助推剂，若真靠一己之力是很难达到一定的高度的。所以，人生道路仍需戒骄戒躁，切勿把自己一时的成功看成是自己的本事，成就你的主要因素还是平台。

【人品决定走多远】

《礼记》有云：“德者，得也！”一个人只要人品端正，最后得到的要比别人多。人品，乃是人生最好的资本。陶行知先生说：“人生千学万学，唯要学会做人。”于是，人生路途漫漫，最难的也是最重要的就是学会做人。现代管理学也指出要想做事，得先学会做人。品正遇贵人。一个人的能力，可以决定你能走多快，但一个人的人品才是决定你能走多远。真诚是一笔无形资产，人品绝对可以驱使财富。

【怎样交朋友】

一个人一生中，来来往往很多人，却只有极少数可以成为真正朋友，大多数皆观众。肤浅的人，要的是观众捧场；深邃的人，要的是知己诤言。其实朋友也并非越多越好，也不是天天见面，要的是懂你，支持、鼓励、指正和安慰。需要的不是数量，而是质量。朋友如茶，需品；相交如水，需淡。缘分、感情皆人生之幸福，有知己是难得，有知心更是难求难得，真心见真情，真情见真人！

## 【削铅笔的学问】

人生过程有如使用铅笔，刚开始时很尖，用得很爽，但慢慢地就被磨得圆滑了，可等到太过圆滑时，差不多就又该挨削了。迈进社会亦是有门槛的。你的能力够了就是门，能力不够就是槛。抱怨社会的不公或者认为环境不适，都是没用的，都是在违背客观规律。一个人融入社会，如果你不够优秀，人脉资源也是不值钱的，因为它不是追求来的，而是靠自己的优秀吸引来的。须知世界上的事物都是相对性的，只有等价的交换，才能得到合理的回报。

## 【生活与重复】

生活，多数是平淡的重复，活得潇洒、活得快乐的人，正是那些守得平淡、坚持奋斗、懂得感恩的人。可是，在现实生活中，我们总是忙忙碌碌，忙到没时间感受生活、享受快乐。人生奋斗、拼搏、忙碌追逐一辈子，即使取悦了整个世界，最终却委屈了自己的心灵。不知足，放不下，把好好的人生规划弄得不成样子。反之，如果豁达一点，看淡一些，人生便没有多少事情比快乐、比健康更重要！当然，与世无争，但是要与事有争，事即人生目标，大到以天下为公，小到养家糊口。就看你有多大格局，多宽胸襟！

## 【普通人的意见】

投资项目，千万不要听一个普通人的意见，如果普通人的意见有用，那么，他自己就不会是个普通人了。所谓事业成功都有贵人相助，但也不然，贵人永远都不会直接给你荣华富贵，只有送你机会和平台。开拓你的眼界，放大你的格局，提升你的正能量。人穷是因为没有智慧和胆识，更没有远见和魄力。思想陈旧，观念老化，安于现状，苦守自己的一亩三分地，没有了发展的方向。殊不知，机会都是给有准备的人的。绝对不会等待犹豫者、观望者、懈怠者和软弱者。只有与历史同步伐，与时代同命运，才能赢得光明的未来。一次正确的重要抉择，大于你千百次不正确的努力。

## 【沟通的无限】

与人相处，切勿苛求层次差异，宜表现得尊重为好。一元钱的打火机也能点燃上百元的香烟；几万元一桌的菜肴也少不了有几角钱的盐巴。思想太少了可能会失去做人的尊严，思想太多了可能也会失去做人的快乐，此乃度也！与人相处要虚心、真诚，如果不懂就得说出来；懂了就别多说，笑笑即可，沟通无限，乃是知音。于世当自重，乐也！

## 【领导的谦虚】

当别人认你是领导时，自己最好不要把自己当领导，这是谦虚；当别人不把你当成领导时，自己一定要把自己当领导，这是掌控。权力是一时的,过期作废。要养成这样的习惯,习惯造就一个人。言而有信,种下行动,就会收获习惯,种下习惯便会收获性格;种下性格便会收获命运。这有如农民种瓜得瓜、种豆得豆的道理一样。天外有天,人外有人,淡泊明志,宁静致远。播种美丽,收获幸福!能够认识别人是一种智慧,能够被别人认识是一种幸福,能够自己认识自己乃是大智大慧。

**【颜值与才华】**

人,最大的吸引力,并不完全是颜值、才华、地位和财富,而是看他的气质,看他传递给你的那份温暖、靠谱和安全感以及正能量,还有“三观”。看一个人的人品,不能凭一时的冲动,而是看长远的表现,决定一个人的人品,需要由时间来凸显;看一个人的能力,也不是只看成功、只看失败,而是看他的志气和骨气。一个人只要志气长存,能力自然能够培养出来;看一个人的感情,不是只看表面,也不要听多少甜言蜜语,而是看他为你做了什么。是故,对人不要妄下结论,还是要靠相处。

**【缘份与衍生】**

人生一路走来,是需要一种洒脱,尤其年轻一代;缘份也需要一份淡定。缘分是相互的,幸福是自找的;尊重彼此的选择,享受寻找的快乐。走在一起是缘分,一起在走是幸福。家人、朋友、师生、战友之情由此衍生!

【人与社会层次】

人间百态，各有所难，亦各有所荣，若只看到自己眼中的世界，看不到全局，乃是居高位者之大缺陷。虽然难以达到窥一斑而见全豹，见一滴能知沧海的境界，但也要做到虽有小瑕，亦难掩大瑜之睿智。生而为人，最可怕的就是你生活在光坏里，就以为整个世界都是光亮的，不能无视塔底人的艰辛。一个人若是没有了同理心，就不会有共情的思维，内心也就没有了温暖。可这个世界上的爱，恰恰是由人与人、人与社会、上层与下层之间一点一滴的温暖组成的。生命是一种回声，唯有懂得换位思考，才能换得人的真心。近城远山，你是照耀他人的光，而不是等待黎明的夜。

【世界与钱】

这个世界不是有钱人的世界，也不是无钱人的世界，它是有心人的世界。有人帮你，叫贵人相助，是你的幸运；无人帮你，叫时运不济，乃是公正的命运。这个社会没有人应该为你做什么，

命运要靠自己来创造，生命是你自己的，你必须为自己负责。生活中遇到曲折，实属难免，唯有大其心，容天下难容之事，难事就会化解于无形。大事难事看担当；顺境逆境看胸襟；喜怒哀乐看涵养；舍得抉择看智慧；成败得失看坚持。一切皆有可能，唯心与胸耳！

【合作带来价值】

读《三国演义》，顿悟到没有刘备，张飞就是个卖肉的，关羽只是个编筐的。然刘备没有关、张，连夺得小沛的成就都不一定有。《西游记》里的孙悟空没有唐僧也只是个神猴，当然唐僧没有孙悟空也只是个普通和尚。这些都印证了相辅相成的道理。土豆、番茄身价平凡，有人发明了薯条的制作，再配上番茄酱，双方的价值倍增；稻草能值几何？可把它绑在螃蟹上卖，价值立升百倍。这就告诉我们一个合作的哲学，一个朋友圈，应当互相激发潜能，组成一个温馨、活跃的群体，增进友情，促进思想的飞跃，有效发挥如“稻草和番茄”的潜能，有助于工作和事业的发展，给彼此带来有价值和意义。

**【爱好的文化】**

爱好也是一种个人文化。生活中，在某些情况下，有没有爱好对于调节自我的心理平衡有很大的作用。有一点爱好，使你从中得到无限的乐趣。如书法、画画、打球、下棋、音乐、摄影及其他艺术创作等个人爱好是一种精神休息，也是一种对健康身心状态的追求。这个世界虽然有各种高明或离奇的主张，但在身心越健康的时候总是越容易做出正确的选择，而且更有效率，做任何事情容易做到位，而且比较能够看得到自己的失误和不足，随时作出调整。爱好塑造了你的文化素质，同时文化素质也孕育了你的高尚爱好及人生趣味。如此循环，不亦乐乎！

**【肚量与幸福】**

做事先做人，最简单的标准就是：一个人对你有一点好，你就可以原谅他所有的不好；一个人对你都好，只有一点不好，你不能忘记他所有的好。这样理解，就简单了吧！生活其实是给人们一种考验，如果我们学会去接受和宽容，以爱之心做事，以感恩之心做人。守好心，走好路，珍惜最真挚的情感，感受最美好的心情。生活中做到不抱怨、不言苦、不忧伤、不认输；豁达人生，宽广心怀，便可修得胸中度量，蓄成一生幸福。

**【失败与教科书】**

社会在飞快地进步，人们也总喜欢成功，厌恶失败。但是，失败也是人之权力；所谓成功也只是能够抵御失败的一种能力。因为变化是常态，困难永远不会消失，那么，如何抵御急流汹涌的海浪，让自己的一叶扁舟能够到达彼岸，也是一种成功。现实生活是残酷的，因此，我们不妨正视失败，失败也是一种值得学习的经验，体现失败乃成功之母的古训。另外还有一种“惜败”，是要学习在别人的灾难中汲取教训，找出失败的原因，所以历史上的“滑铁卢”事件编入教科书。可见，无论是正反两面的事例都是值得后人学习的宝贵财富。

## 【会做与愿做】

何谓情商？情商是人在控制和调整情绪、意志以及为人处世等方面的能力和素养。一个学生要得“三好生”，光凭智商高是远远不够的。同样道理，一个人要被社会广泛认可，光有高智商显然是不够的。但是，情商只告诉你如何去做，然还是需要人品来支撑。没有良好的人品来支撑，那么，多高的情商也只是一种技巧罢了，会为社会所不齿。

## 【禀赋与考量】

心情一浮躁，总是抱怨社会不公平，殊不知成功者在成功之前的感觉是多么的渺小，有如路边的小草，任人践踏却仍可吐蕊的花朵；像黄山石隙中的一株缺乏营养却仍倔强生长的劲松。然上苍对谁都是公平的，只是各人禀赋不同而已。人生际遇总是会遵循着某种平衡，得到的必然以失去为代价。企业家得到金钱，或许会失去了休闲时间；政治家得到了仕途，或许会牺牲了与家人团聚的时光。考量一个人的得与失，能参破得到与失去之间的利害关系，那是一种眼量，是能活出人生价值的判断，是体现“三观”的人生态度。要学习、体会王安石诗《登飞来峰》“莫为浮云遮望眼”，毛泽东诗《七律·和柳亚子》“风物长宜放眼量”两句诗词。把这两位古今思想家的诗句放在一起，乃是告诉世人要站在更高的角度来看社会，把眼光放长远，境界上了，抱怨也就少了。

## 【忙碌与价值】

商业社会的城市人群仿佛辛劳的蚁群，忙碌似乎成了人们价值的标签。但过度地忙碌，乃是分寸的缺失，无法静下心来体会周围的一切，更无时间细心琢磨这个社会是否还有更好的路可走，进而变得麻木。这种机械式、一成不变的生活，意味着创造力和发掘力的停滞，更无法谈什么思维的创新。因此，我们要学会在忙碌中偶尔停下脚步品味自己和外界，找出差距和差异，寻求机会发挥出你的正能量，使你的人生之路走得更好、更远！

## 【适者生存与能者生存】

当今社会，是适者生存，而不是能者生存。然无论怎样生存，都离不开社交活动。而社交活动过程则免不了要让别人对你有好的印象。因此，累积别人对你的好印象，并不是一天两天或一事两事就能够做到的。它需要像银行存款一样，一点点地存，慢慢积累，存得越多越能获得别人对你的好感，获得社会对你的认可，获得朋友圈的好评。成就你的人脉资源的分数，并不是减法，而是要以乘法累积。更严峻的是，千万不要把“存款”提光了，提光存款或者所剩无几，那就面临你的潜能即将消失，即使等你发现再去“存款”，那就是事倍功半，什么都是今非昔比了！

## 【生活也需要经济学】

经济学由微观到宏观，由浅近到深奥，主要是两个行为概念，即投资行为和消费行为。投资行为是未来可以为自己带来收益的行为；消费行为只为让自己的财富一点点消失。比如买房子和买车，前者是投资行为，如果买到的是好的地域，它不断增值；而买车就不是增值了，年年耗费油钱，几年过后，可能贬值也很快，这就是消费行为。在现实生活中，要把握好投资行为和消费行为，合理运用，既要严缜考虑投资行为方向，又要做到预算约束消费行为的能力，自制、自觉做到消费组合的限制，不至于使自己的财富无节制地减少，而是要做到不断增大。这就是生活中最重要的经济学原理。

## 【专业与专家】

时代进步很快，现在进入了专业时代，专业知识的积累与进化尤快，无论你怎么努力，你未知的东西越来越多，因为知识需要增长的速度远远大于你的学习速度。不过，现在在任何一个领域，都可以找得到想要学习的指导“专家”。“圆圈的悖论”里所提圆圈之外的未知领域如何突破，只是针对自大的人，让自大的人变得寸步难行，自以为是，终究要付出代价。权力越大，资源也越多，因此，自大起来无人可以控制，于是自大的后果也越严重。所以现在虚心的人有福了，我们可以在任何领域找到“专家”，帮助解决“圆圈”之外领域的未知难题。有许多未知领域并不可怕，可怕的是认为自己无所不知，因此，社会的进步尤需让“圈外”的人赶紧跟上，否则，就将会被社会淘汰。

## 【情商不等于智商】

人们常云“智商不敌情商”，此说并不是绝对正确。情商由自我意识、情绪控制、自我激励、他人情绪认知和处理相互关系这五种特征组成。情商高的人，可以让跟你合作的伙伴或同事感到舒服，让你的人际关系更和谐，帮助你的贵人更多些。但把情商玩成套路，总是带有私利性的欺瞒手段，那就不是真正的情商。《铁嘴铜牙纪晓岚》电视剧中的和珅就是一个情商极高的典型代表，表现出了情商与套路的并用。但情商和套路却是两个不同的概念，和珅官至军机大臣，尽管乾隆皇帝对他的贪腐十分不满，却欣赏他的情商+套路。遗憾的是，和珅如此有情商，最后还是被嘉庆拿下。和珅情商极高，也不是绣花枕头，他精通汉、满、蒙、藏四种语言，富有极高文化底蕴，当时朝中无人超越。这就是实力。人在职场，情商固然重要，但决定性因素还是你的智商及才

华。玩情商或许可以让你八面玲珑，左右逢源，但毕竟玩不出实际业绩，玩不出科研成果。正确运用智商和情商，不至于走错了路，将有利于你的学习和勤奋的方向，赢得社会的尊重。

## 【人性的考验】

人性是经不起考验的。人们在年少轻狂的时候，都曾自以为聪明地去考验过友情、爱情和亲情。结果发现一涉及人性，没有什么是经得起考验的，而且很多时候，给别人留余地，就是给自己留后路。评价一个人，应该更先看自己，看你的现在，用不着炫耀上辈。如果你自己不行，上辈行，别人会更觉得你不行；如果你行，上辈不行，别人会觉得你更行。想靠考验别人扫清自己前进路上的障碍，那么，此路是走不通的。

## 【人品是最高的】

美国前总统罗斯福曾说："德者才之王，才者德之奴。"总统先生的逻辑和中国古代《三国》的刘备思维如出一辙。一个人真正的资本，不是纯粹颜值，也不是金钱，而是人品。未来社会人品是生活的通行证，是彼此心灵最后的依赖。古云："子欲为事，先为人圣。"社会交友，喜欢一个人，始于共鸣，羡于才华，忠于人品，此乃交友原则。人生可以没有学位，但不可以没有学问，更不可以没有人品。人品是最高学位，德与才的统一才是真正的智慧，才能称之为人才。

## 【快乐的界定】

一个人是否过得快乐，很大程度上取决于能否与人妥协、融洽相处，尤其经济合作伙伴关系。对喜欢的人，要了解他的短处；对于厌恶的人，要知道他的长处。反复品味，愈觉精妙。因为对于喜欢的人，知其短处，就不会因喜欢而障目盲从；对于厌恶的人，知其长处，就会理智战胜情感，也就不会一味排斥。人生中遇到的人之长处或短处，若运用得法，皆属稀缺资源，要想获得成功，获得快乐，一定要有开阔的心胸。

## 【因与果】

世界上没有一件事是纯偶然性的，每一件事的发生必然有其因果关系。这是宇宙的根本定律，人生的命运当然也遵循这个定律。人的思想、语言和行为造成了因，那么，接下来就会产生相对应的果。古希腊哲学家苏格拉底和近代科学家牛顿等人，也认为这是宇宙最根本的定律。人只要有思想，就必然会不断“种因”，然后就必然不断产生“其果”。你所种的因是好的，那么结出的果也是好的；如果种下的因是坏的，那么结出来的果也是坏的。要种“善因”还是种“恶因”，由人自己决定。

## 【输赢】

赌场上一定有输赢；商场上却强调双赢。然而，在现实中，你输，因为你不知道什么叫赢。当你很怕输，心理上、气势上你已经失去机会了。在工作上输了，多数是输了面子，但实际上是赢了经验。问题是你是否真的有赢的实力,或者有没有真本事反败为胜?生活中,我们的境况难免时好时坏,情绪有起有落,如果看不清这样的规律,很易自乱阵脚,终日都有失败的可能。然而,若视失败为鼓励,善于吸取经验,乐于奋起再战,如做到了这样的心态,不赢也难。你想赢,那么,无论你处在什么环境,你的心态不能变,理念不能变,行动要迅速,反应要敏捷,赢的可能性就会更大。

## 【既生瑜,何生亮】

生活中,有人文静,有人暴躁,有人快乐自如,有人一遇不顺心时就暴跳如雷,还自以为自己强势得意之极。这种缺少自审自省文化心理的人,总认为自己要比别人聪明几分,总觉得自己什么都是正确的,讨厌别人的不同意见,这个世界为什么要既生瑜又生亮?如此心态,还能好好地与人相处吗?!

## 【新的认知】

赵朴初先生说:“父母的家永远是孩子的家,而子女的家从来不是父母的家。”听起来是一种悖论,实际上是描述了一种社会现象:生孩子是任务,养孩子是义务,靠孩子是错误。根据赵先生总结的这个原则,家长对养老要有新的认知,不要让子女有心理负担,应当趁早规划好自己后半生的生活和社会活动,把子女当作客卿对待,不要依赖子女的“应尽义务”。做到了,可能子女会更感激你。

## 【做事、做势与做局】

这个世界上的人，大致可分三种：做事的人、做势的人、做局的人。这三种人组建成了一个庞大的社会体系。所谓做事的人，也就是社会基层的大多数人，他们依靠劳动力和普通技能生存。但是只要把自己变强大，就可以向做势群体跨越。做势的人，还要具备一定的文化、眼光、魄力和创新意识。创业的本质就是从做事者上升到做势者，其价值在于建立模式，促进社会的运作效率，并且引领做事的人，自己还要承担风险，但是在社会格局上上升了一级。做局的人始终懂得把复杂的问题简单化，把简单问题数字化，把数字问题程序化，把程序问题体系化，做成一个大系统，这就是做局者的基本逻辑。格局大的人操控格局小的人，操控着社会的运转。这是一个社会阶层不断固化的时代，也是一个逆袭随时可能发生的时代。提升格局，是人生逆袭的唯一途径。从这个意义上说，这个社会还是很公平的。

## 【计算与算计】

优秀的企业家懂得计算，善理财的人懂得算计，这都是人们在生活中计算得失、计算收益必不可少的盘算方式。计算有时是好事，也是人生生活智慧，可以“计”出人的勇气和进取心，力图改变现状，发挥更大的正能量。但是，计算过头或不当，就会变得自私自利，也就是变成了算计。读《红楼梦》，记得曹雪芹把王熙凤描写得既漂亮、聪明、泼辣，但又小气，到最后的结局是：“机关算尽太聪明，反误了卿卿性命。”王熙凤计算过度变成了算计，最后算来算去，算尽了机关，落得自己没有好下场。生活中，有人送太算计的人绰号为“三十七计”，真是啼笑皆非。所以，看处心积虑搞算计的人，最后变成了离心离德，其人生道路也是越走越窄，越走越短，世人是值得思索的。

## 【贵人不会直接给你带来利益】

人生最大的幸运不是捡钱，也不是中奖，而是得到贵人相助，因为只有贵人是在鼓励你、指引你、帮助你。中华民族文化5000年，多少伟人无不是贵人相助才成功的？然而，从表面上看，所谓贵人也并没有直接给你带来利益，但是他能够帮助你开阔视野、提升眼界、指出方向，给你正能量。朋友的质量就是你生活的质量，与优秀者为伍，可能贵人就在其中。

## 【人以群分】

近朱者赤，近墨者黑。这是古今中外人生道路上的不二定律。一个人的思想决定一个人的行为，接近什么样的人，就会走什么样的路：牌友只会天天催你打牌，酒友只会催你喝酒；而有事业心、进取心的人，却会催着你进步。这就印证了“物以类聚，人以群分”的古训。

## 【稳定的道路】

对最依恋的人，也要有分寸，做到守距离，懂得爱护彼此需要的深刻含义，才是高人。朋友结交之核心思想，乃是“平淡”。“平”者是指在交好时的百般热烈，都不如分手时不出恶言，因为

那些最高值的甜美，往往抵消不了最低值的伤害，还不如没有峰值的恬静稳定；“淡”者是指要控制浓度、不侵入、不黏着、不齁甜。于是，劝君莫要乱攀附，劝君莫要嫌低下。认清人的能量里还要有真诚和忠诚度，才是最佳的选择。选择之后再保持上述之平淡，那将是人生过程最最稳定的道路！

## 【磨炼】

明星上台出场，得到观众大赞，真是台上三分钟，台下十年功。没有经过台下大量的磨炼，就不能达到那样的登台效果。当领导也一样，领导在未上任时，有没有在磨炼？有了十年的功夫，心有底气，遇事就可以沉着应对，凡事皆能事半功倍，自然就会光彩夺目了。

## 【生活的选择权】

我们对生活应当是有选择权的。虽然没有钱是痛苦的，但是钱也不是万能的，只有用钱换来真正的幸福，那才是有意义的钱。聪明人会用钱,会用钱的人更聪明,一定不会盲目给自己提出更多的物质需求,而是要不断考虑如何提升自己的幸福指数。

## 【贫富的差异不会拉平】

世界上贫富的差异永远都无法消灭,其核心原因乃是:富人认为自己大于问题,而穷人则认为问题大于自己;富人乐于接受,而穷人则擅长拒绝;富人选择按成果受薪,而穷人则选择按工时赚钱;富人看资产净值,而穷人只看工作收入。更重要的是,富人永远都在学习,而穷人则认为自己什么都懂。这才是致命的永远都改变不了贫穷的思维模式,所以也是社会的贫富悬殊越拉越大的原因。

## 【互联网别丢失了中华文化的礼数】

互联网时代,通讯也有了大进步,人们之间的沟通,只有有事说事,世代传承下来的礼数式微。诸如“拙见”“赐教”“致函”“敬启”“高见”“鄙人”等敬谦词已少有应用。在礼仪被忽略的某些环境里,有人或许认为礼数是一种虚伪的客套。其实不然。中国先贤提倡和坚持礼数,不仅仅是为了恭维对方,尊重他人,更在于这种自省的谦虚时刻在提醒自己:切勿自视清高,要低调做人,为人诚实。同时,礼数的认识及行为,还反映出一个家族之背景、所受教育、过往经历、道德修养,显示了你内在的素质和品行。一个人在成长的过程中,固然亟需知识的培育和积累,但其人品、胸怀、学识和修养,才是人生的根本意义。因为教育的核心是为了培养人,而不是单靠灌输知识。与一个有礼貌的人相伴,总比一天到晚嚷嚷贬低别人的人在一起感到舒服。

【优秀与自卑】

生活中，有人往往自卑地觉得自己不如别人优秀，甚至认为自己一事无成。但是，要明确自己在这个世界上的位置。譬如，要以八分的力量去做六分的事情，切勿以六分的力量去做八分的事情，用投资的方式经营智商，提高智商。有了这样的投资智慧，我们就很容易做到合理定位，产生正确对待事物的看法和思考方式。在经济领域，在政治和文化领域都会拥有广阔的视野。只有把自己所处的位置搞清楚了，那么定位也就正确了。定位正确了，就不会自卑了。

【小格局与大格局】

竞争，从表面上看是在一个小格局里展开的，其实不然。竞争高手能看到的是一个更大的格局。生活中，在小格局里拼尽全力，却可能让你在更大的格局里丧尽优势。当你在与人竞争某个机遇时，拼得头破血流、筋疲力尽，尚且得不到好的结果，还不如适时退出这个小格局，去思考更大的格局。如此，则失小而得大，乃是人生更大的格局。

【完美的脸】

人似乎有两张脸：一张是先天父母所赐的脸；另一张是人生修行的脸。前者是无法改变的脸，后者则是后天自修的脸，可以改变。从现代现实社会来看人的脸，有些人看似道貌岸然，或珠光宝气，把脸打扮得很是光鲜，但做的事却很是丑陋。《左传》曰："太上有立德，其次有立功，其次有立言，传之久远，此之谓不朽。"无疑，人之品相，也即身后的品相。当今社会有句时尚说法："喜欢一个人，始于颜值，羡于才华，忠于人品。"说明人之脸是第一要素，由别人决定是否接受你还是一票否决，然后再考核你的才华是否令人信服，再然后审核你的人品及内涵。古言和时语，何其统一，把世人的光辉或丑陋刻画得如此淋漓尽致！

## 【心诚则灵】

《大学》曰："心诚求之，虽不中，但不远矣！"佛经亦云，心诚则灵。生活中，真诚对人，真心对事，竭尽全力，欲达目标，即使一时难以成就，但离成功也就不远了。传统观念要求人们尚且如此奋发，何况现代社会，岂有馅饼等你去捡？！所以，要想事业有成，必须努力向前！

## 【靠山】

人生道路，有人失败，有人成功。生活中，人们总是认为成功者有贵人提拔，事业上遇到了靠山。有贵人相助，不失人生成功之捷径。但是有了靠山，也要自身过硬才行。

## 【承诺也是一种契约】

靠谱之说，似乎已经成为现代社交活动的术语了。生活中，为人靠谱的首要条件，乃是绝对的契约精神。一个靠谱的人，一定是个可以值得信赖的人。这样的一个人，你知道他答应你的事一定会信守承诺。不管自己有多艰难，一旦答应了人，都会照做不误，因为对人的承诺是一种口头契约，应当竭尽全力去履行，以实现目标之完成。靠谱乃是最低成本的社交方式。

## 【失信与宽容】

社会很复杂，于是人们只有处理好所有涉及影响的关系，才能获得社会的认同，得到信任，安然生活其中，发展你的事业。但是，一旦失去了信任度，你错了一次，或许会得到原谅，但再次获得信任则就难了。在是非对错这个维度上，想要得到宽容，就是那么困难。因为这个世界除了是非对错之外，还另有一个维度，就是信任。然而这二个维度没有必然的联系，因为是非对错可以允许讨论，而信用是靠自己长期修练、维护而成，别人只有对你评价，却无法帮你做到。人不能无信，一旦失信，却又指望得到宽容，难矣！与其之难，不如及早经营自己的信用为好。

## 【大道理与社会文化】

生活中，说大道理人人都懂，但是未免枯燥乏味，可做到有趣却比较难。有趣者，幽默也！幽默则需要丰富的文化知识和广泛的社会文化，才不会把生活“剪辑”成生存。你若老是一本正经，爱拘小节，或处处认真，呆板或太传统、太保守，拒人于千里之外，就变得僵硬、无趣。别人活了一万多天，自觉人生刚刚起步，生机勃勃；而无趣的人活了一天，这种呆板和保守可能重复了一万多次，累得不堪重负。热爱生活的人，很容易成为有趣的人。一个人无趣，这可能是与社会文化的认知有关。倘若把这个社会看成只有好人与坏人的两种评价选项的社会，是很难生出有趣而幽默的情怀。只有在一个尊重人格、个性解放的社会环境里，人们的创造力会更强，幽默的资源更丰富，有趣者辈出，才不致于脱离了社会文化。

## 【朋友之间也要保持距离】

物质世界，大到宇宙天体，小至分子、原子，然而任何物质实体都与周边物质保持合适距离，按一定轨道运行，此乃物理现象。物质如此，人的关系也无不应当如此。现实生活中，人们却常常没有做到。《论语》有云："……朋友数，斯疏矣！"意即你有事没事总是喜欢跟在朋友旁边跑，虽然看似十分亲密，可你却占据了他过多的时间，因此，你离疏远也就不远了。庄子有云："君子之交淡如水，小人之交甘若醴。"朋友之间，淡淡而交，得到的往往是更宽广更深厚的友谊。生活中亲过密则生仇，爱过度则生恨。如此掌握人生法则，则你的人生道路将会走得愈宽愈远。

## 【危机的新发现】

社会的真正危机，不是金融危机或资源危机，而是道德与信仰的危机。谁的正能量越大，谁的成功率就越高。那么，在这样的危机四伏下，要想实现大的正能量，谈何容易？人生一世，能不能有个好口碑，其考核之主要指标乃是正直、正派和正气。人生要具有内心和骨子里这份"正"，那不是一下子就可以学到的，而是长期的修养沉淀。做到了正知、正念和正行，任何歪门邪道遇到你都会不攻自破，那么，你的正能量也就越来越多。

## 【看不见的危险更危险】

生活中,看一个人、看事物、看景色和看问题,尽管对象的本质和形态并没有变化,但从不同的角度看,所见到的效果却是大不相同。因为,不同的角度看问题,会得出不同的结论,叫观点。要得到一个正确的观点,就必须要找准立场。杜甫从山顶上放眼,写出“一览众山小”;苏东坡喜欢山水,边走边看,写成“横看成岭侧成峰”。角度变一变,遂不识真面目矣!如果看事物的角度尤其窄小,往往让你看不见,这叫死角。值得注意的是,出现了死角,就会让你看不到危险,看不到的危险,那就更危险了。

## 【人格的尊重比金钱重要】

人生最大的失败就是违背人格的尊重。人格的核心是信用,它应该比金钱更贵重,无论是语言的承诺,还是金钱的借贷,当你失去了信用,那么,面临的是彻底的破产。反之,如果你信用度较高,尽管现在身无分文,向你伸出援手的人还是很多。这就是你还有机会能够翻身的本金,其他的都是利息。要懂得利息是跟着本金走的,没有了本金,利息无从说起。

## 【人品与学位】

《左传》有曰:“太上有立德,其次有立功,其次有立言,传之久远,此之可谓不朽。”此处所指“立德”者,以现代文化通俗说法即指做人,拥有好的人品。一个人真正的资本,不是颜值,也不是绝对的金钱优势,而是人品。人品是生活的通行证,人品更是彼此

心灵交流最后的依赖。白岩松说："人品是人类最高的学位，德与才的统一，才是大智慧，乃是真正的人才。"人生可以没有学位，但不可以没有人品。

### 【功败垂成与底线尺度】

中国有个成语叫"功败垂成"，为什么往往快接近成功的时候反而容易失败呢？因为生活中人们忘记了"满招损，谦受益"的教诲，容易激动，只看到成功的喜悦，而失去了风险的评估，于是产生了骄傲的情绪，失去了谦虚的底线。人生在世，为人处世，务必要有底线思维，要在自己心目中时刻有一把底线的尺度，方不至于乱了方寸，功败垂成。

### 【动因与把握】

老板者之所以能够成功，其实质动因是寻求资源，然后进行资源整合，而非拥有现成的资源。更进一步说，一切商机都是未知因素，可人们恰恰对于一个未知事物的发展走向之判断力是有限的。因此，一个优秀的老板擅长的是边做边根据形势的快速发展和变化调整自己的方向和应对策略，而不是事先把一切事情都预判好了的。否则，讨论决策所花的时间和精力，是等不起机会的流失的，真正的好机会，永远都存在于未知中，就看你如何把握。

【给自己压力】

时代在进步，社会在发展，从来不会停下它的脚步等你。要想不被社会所淘汰，就要不断地学习，不断地努力，积极提高自己的专业技能，并且做到精益求精，切勿期待他人推着你前进，要学会适当地给自己施加压力。命运始终掌握在我们自己手里。实力最重要，话语权始终来自实力！

【信用与做人原则】

人无信不立，业无信不存，国无信不兴。“信用”二字乃是现代市场经济的生命线，尤其是一个人或企业从事生产经营活动之必备素质。信用不是市场营销，也不是高深空洞的产物，它是一种实实在在的言出必行、有错必改的既简单又可操作的做人原则。信用缺失则会大大增加社会的交流成本，把有限的资源浪费在无限的精力消磨中。讲究诚信会让你人生之路走得更久远！

【利益需要考验】

考验一个人是不是你真正的朋友，不仅在你富有时，还应在你贫穷时。其核心乃是他认定了你之后，不管你是富贵还是贫贱,都能与你分享甘苦与欢乐,这才是挚友。所以,对待朋友的态度,一定要以情谊为先,利益第二(千万不要搞反了)。假如你一贪如洗,切勿希图高攀权贵,因为当今社会没有人看得起潦倒之人。此时你应当赶紧调整方向,挽回局面,自强不息,走出困境;假如你已经是“高大上”了,也无须自高自大,反而更宜谦虚低调,不妨主动交些“穷朋友”,还要珍惜朋友之间的情谊,不断加强和巩固。如此,做到了,则成功离你不远了!

## 【庸才的提升】

“不遭人妒是庸才”,似是真理。但若禁不住人妒,三两下就被妒倒的,也算不得是人才。优秀人才者往往遭人妒忌、抑制、排斥,甚至攻击,这是第一阶段;待到一段时间过后,发现人才者仍然坚韧不拔,愈斗愈勇,根本抑制不住,排斥不掉,重压不倒,于是大家立即见风转舵,调转风向,捧你,让你,拉拢你,这是第二阶段。当进入第二阶段后,局面大大改观,人人都会向你示好,向你伸出手来,但此时应当小心,继续自我提升,以不变应万变,方可让自己立于不败之地。

## 【看清朋友与看清自己】

当你难以容忍别人的打压时,总是会想着寻求机会摆脱对方的束缚,但是要做到这样,你首先得自己要自我强大起来,一旦到了这个时候,你或许反过来会感激打压过你的人,因为是他让你百折不挠的精神有了苏醒,使得你不再畏惧,朝着正确的方向前进。人生一定要做强大得让人羡慕的人,切勿懦弱得让人可怜!

大喜大悲时看清自己，大起大落时看清朋友，则麻烦少而且有助于你成长！

【朋友的标准】

评价一个人是否值得做成好朋友的标准，不是听他现在说了些什么，而是要看他之前都在做了些什么。当你失败的时候，他能够设身处地地为你着想，理智地帮助你分析失败原因，以物质的、精神的方式帮助你恢复自信，引领你走出阴影，这样的人才是真正的好朋友。

【优秀的分寸】

人生要想出人头地，获得成功，还得从自己做起。做到比别人优秀两倍时，切勿骄傲，在心理上可以兴奋，但思想上切勿高人一等。要想高出别人，那么我们得做到比别人优秀三倍才行，但也不能骄傲。更重要的是，千万不能表现出比自己的上司更优秀，这不仅是一件很愚蠢的事情，而且还会带来严重的后果，因为没有哪个当领导的喜欢属下跟自己比优秀。值得注意的是，你在运气、秉性、气质等方面超过别人，别人会高看你，但是没有人愿意在智力胜负的表面现象上被人超越，尤其那些位高权重者。领导者自然希望在处理问题时能表现得比别人耀眼，只需要别人辅佐，却不喜欢被别人超越。君若有疑惑，就请观察天上的星辰：它们也有光亮，却不敢与太阳争辉，何也？！

【交友的重要】

新时代交友有新解：普通人的圈子，谈论的是闲事，赚的是工资，想的是明天；商人的圈子，谈论的是项目，赚的是利润，想的是明年；事业型的圈子，谈论的是机会，赚的是财富，想的是未来和保障；智慧人的圈子，谈论的是怎样给予，交流的是如何奉献，遵循客观，求得自然富足。在现实生活中，你和谁在一起很重要，他将能改变你的成长轨迹，推动你的人生成败。于是，和什么样的人在一起，就会有什么样的人生。这个社会很公平，一个人的身份的高低，是由你周围的朋友评价和决定的。

## 【路】

伟人之所以能成为伟人，皆是在别人不看好的情况下先有超人之想，后有惊人之举，不拘小节，只抓主流，结果却是不同凡响。生活中往往就是这样，你若能够抢先一步，尽占先机，善于走自己正确的路，才可能走别人没走过的路。

## 【生活与黑暗】

生活中往往一遇人揭短，心里就很是难受。殊不知，若多多被人提到自己的短处或错误也不会有什么损失，更重要的是还可以把它看作是一种警示，可以总结自己，使自己少犯错误或者可以少走弯路。相对而言，揭短者也未必就是好人，因为他在揭人之短前并没有认识到自己行为的不妥。不必计较喜欢揭短者。假如你确有长处，即使不去赞扬它也是客观存在着的；反之，被揭短，也只是在一时一事上遇到“黑客”，这和是金子无论放在什么地方，等到什么时候都会发光一样。

## 【帮助别人也在强大自己】

与人竞争最优化的法则，是要寻求比竞争更高的境界，那就是实现共赢。企业家要有阳光心态。换言之，如果抱着阴暗的心理去看竞争对手，那么自己就自然难上加难了。变个角度，用热情加智慧的态度去帮助对手，感化对手，恐怕会换来意想不到的效果，事半功倍。帮助别人，也是强大自我的一种境界！

## 【百年陈酿】

古谚云“宰相肚里能撑船”，意指一个能做成大事的人必然会拥有很宽阔的胸襟。大作家马尔特在一部小说里写道：“胸怀是人生的志向和抱负，是人格的品位和品质，是人生对待世间万物的气量和风度。”所以，胸怀者乃是友情的桥梁，是能够治人心病的良药，是可以让人拥有快乐心情的百年陈酿，这样的陈酿不妨多喝。如果想成为一名成功者，眼光、胸怀和实力是必须具备的三大要素。自古以来，人不仅是历史进程的推动力，而且还要掌握生活的一切，大到一个国家元首，小到一个家庭之长。人生想要拥有宽广的胸怀，还要学会用委屈去撑大它，经受的委屈越多，胸怀也就越大。

## 【聪明人从不打击别人】

生活中，有人总是喜欢把自己当成是最聪明的人，喜欢打击别人。殊不知，打击了别人，自己的路并没有丝毫走顺些。指望靠打击别人让自己成功，踩着别人肩膀上，爬得越高，跌得越惨。人生一世，切勿把自己当成是最聪明的，而真正聪明的人都相信总有别人比自己更聪明。

## 【生活态度】

《老子》曰：“不争，故莫能与之争。”读后当作一个命题，实乃精彩之极。用现代文化来理解，亦即一个锱铢必较的人，不可能是一个大气、自信、有能力、有格调、注重自己形象的人；而是个

心胸狭窄、私心太重、不顾大局、毫无修养的一个人。当然，争是一切生物进化的动力和理由；而不争则是一个人在对人性、竞争、社会生存等有了深邃的、超然物外的认知后的一种生活态度。

**【心态与脚步】**

在成功的种种因素中，显赫家世、高等教育能让成功的脚步加快，为成功增加很多附加值，铺垫了常人所没有的基础。但是，积极进取努力奋斗才是胜出的金钥匙，只有100%的积极心态才能为人生创造更大的价值，

**【丑恶的灵魂总在迟到后反应】**

贬低别人抬高自己的做法，实在是不够高明，是极其愚蠢的行为。倘若得逞了，即使能够得意一时，也不会让你得意太久。一旦真相大白，便是你的形象破败的开始。

**【态度与人生关系】**

生活中、工作上，遇到自己不喜欢的人却又要与他相处，确实是一种高难度。但是为了大局出发，为了实现宏观目标，必须转变自己的认知，抛却成见，尽放开心，这是一种积极的人生态度。否则，就是幼稚、不成熟的选择。

## 【共赢】

商场也是一个生态环境,这个环境系统核心思想只有一个——共赢。竞争是让你可以完善和成长自己,学会和竞争对手相处和谐,你才是最厉害的高手。反之,对手都死了,你的未来也不一定活得好。因此,竞争一定要有对手,方可获得共赢。唯有共赢才是最永恒、持久的利益保障,也是社会进步的需要。

## 【生存与毁灭】

"适者生存"乃是达尔文的经典名言,现代管理学却把它用在各种管理理论上,无论是政治和经济,看来还是适合的。"侏罗纪"时代的恐龙是那么强大,可是适应不了气候的巨大变化,于是都灭绝了。如果对于人类而言,没有一定的适应能力,等待你的只有毁灭、失败和痛苦。因为在变革中前进,这是社会进步的主旋律。因此,改变不了环境,但是我们可以改变自己,这句话成了当今无数成功人士恪守的人生准则。

## 【机遇与决策】

做成事情,抓住机遇很重要。做事若过于小心谨慎,犹豫不决,讨论总是要比决策多,就会错失良机。殊不知,你把事情想得越多,它就越复杂,你的行动力也就越低。成功的人不一定比你会做事,但他一定比你敢做事。所以,成功者一定会有当机立断的魄力和勇气,敢想敢做,抓住机遇做出决策。

**【选择与没有选择】**

常云:没有文化比没有知识更可怕。实践证明,在生活中、工作上往往出现对事物没有选择,比选择错误更可怕。一个组织没有创新和变革的动力,是源于选择权及个性化的表达没有完全被尊重,导致没有选择就被通过了,所以,没有选择更可怕。

**【不同的评判】**

与人沟通最具效率的方法,莫过于实事求是,坦诚相待,无论是对是错,先把问题的真相说明白,然后判断是与非。接下来讨论处理问题的方法。坦诚地说出否定意见,不仅仅是需要勇气,还要有一颗公正的心——只关注事物本身的对与错,而不是根据这件事是谁做的来给出不同的评判,确实是需要高风亮节的。如果能达到这样的境界,那么就不会由对一个人的评价直接引申到对一件事物的评价。如是,则凡事按沟通—分析—处理—评价的顺序就不会有大偏差,效率更高。

**【境界】**

一人若与万人为敌,纵使这个人再有本事,也会难逃失败之厄运。潮涨潮落,花开花谢,本是世间常态。但有时候,花本可开得更久些,艳丽些,但未及盛开就凋零,令人惋惜。人生失败往往起因于自我膨胀。在某一领域里做得好,并不代表在所有领域里都做得好。术业有专攻,专心做好一件事,尽量做到极致,是一种境界。然有些事,即使从方向上看是对的,但如果不合时宜,在

“临界点”尚未到来之前，非要逆潮流与“万人”为敌，其结果只能以失败告终。

## 【世界是公平的】

有人常说这个世界不公平，付出多少努力也没有用。这可能是你还没有强大到能够应对外部妨碍，是自己成长的负面力量，因为你自我教育还不强。要认识到，改变世界的奥秘在于先改变自己，多多致力于改进，自我认识完善到位了，抱怨和情绪也就不会有了。

## 【知识与常识】

人生要有作为，必须要学习常识。常识之核心是对善恶美丑能够作出正确判断。一个人只有在获得了一定的知识，又学到了常识，才能更上一层楼，成为有见识的人。有见识的人能够分得清是非曲直，有社会责任感和勇于担当的气魄。

## 【信仰与希望】

人，一定是活在希望之中，只要有希望就有信仰，就不会那么焦虑。信仰不一定与宗教有关，但一定与人们内心的充实有关。中国14亿人口怎么解决人和自己内心之间的关系？几千年的中国文化，人的信仰到底是什么？值得国人深思！中国人传统信仰是“善有善报，恶有恶报。”似乎这是根基，可现在信的人也不多，“三聚氰胺”“瘦肉精”“火锅添加剂”等事件就是证明了中国人的信仰危机。然每一个个体，都有自己的路。富裕之后人们总会有主动选择，从“善”还是从“恶”，让自己安宁，让周围的人被感动，有信仰才有幸福。故寻求信仰是当今国人最大的命题。

【挑战】

生活中，每一天都有挑战，明天都是一个不可知的未来。要拥有未来，就必须要先拥有韧性、耐力、毅力，要每一天都奋斗，要有处理危机的能力。时间和未来是成正比的，时间将决定我们是不是能真正拥有未来，决定我们面对每一件事情的意志，决定我们奋斗的高度和路途的长度。所以，我们要站在历史的高度和新起点上，坚持正确的价值观，去完善未来人生，创造美好的生活，促进社会进步。

## 【人格与生活的创造】

人既是生活的创造者,也是自我人格的创造者,这种创造的核心是要求人们在社会实践中积极创新。历史进步的本质在于创新,创新的本质在于继往开来,所以,卓越壮丽的人生价值也体现在创新,否则,社会不会进步。创新最关键的条件是要解放人的潜能,因为一切创造的根源都在于人的潜能的发挥和对人类生活可能前景的认识。所以,人生的根本动力是一种强烈的发掘自己天赋和潜力的需要,它推进人们去创造,推动社会的文明和进步。

## 【低调与高调】

《孟子》有云:"将军不敢骑白马,亡人不敢夜揭烛。"凡成大事者不要太过于招摇,引人注目,否则很容易成为众矢之的。越是锋利的宝剑,越是不可轻易出鞘,如果自恃锋利无比而不善于保护,不但锋芒会被磨损,也容易惹出祸患。换言之,越是有才华的人,越是要自我保护,不会使才华过早地埋没。所以,真正聪明的人,绝不会闭门造车,自以为是,刚愎自用,皆以低调做人,高调做事,以谦虚好学为荣,团结更多的力量来扩张自己的实力,一旦时机成熟,一举获得成功。

## 【示弱自强才是人生资本】

有两个维度可以把一个人显示出来,一个是"示弱"和"示强",另一个是"自弱"和"自强"。又可以有四种分法:第一种人显得很弱，但内心很强，这叫“示弱自强”；第二种人“示强自强”，就是表现得很强，当然本来也很强，但是爱出风头；第三种人“示弱自弱”，就是表现得很弱，其实也真的很弱，也没有什么作为；还有一种人“示强自弱”，表现得很强，其实没有什么料，也就是说外强中干。只有“示弱自强”者才是生存适者。“无往不平形于外，高山仰止蕴其内”，虚怀若谷之象者，才是真正的强者。

## 【“三气”人生】

一位国学大师说：“孔子尚正气，老子尚清气，释家尚和气。”一个人缺少正气，就会沾染邪气；缺少清气，就难免带有浊气；缺少和气，就会习惯显示霸气。成功者一定要树立正气，修炼清气，营造和气。具备了这“三气”的操作，那么，你的成功之路就会越走越宽广。

## 【人生需要指导思想】

当你处在纷繁复杂的环境里，要把工作做好，得到领导器重，同事认同，使自己样样有主动权，立于不败之地，着实不容易。所以，如何把握是一门大学问：首先是要团结，但团结要讲原则，不讲原则容易庸俗；遇到意见不合，难免有斗争，但斗争要讲策略，不讲策略太危险；当上领导多表扬，但表扬要讲平衡，不讲平衡会产生矛盾；属下事情未做好，应当要批评，但是批评要讲分寸，不讲分寸伤感情。如此则运用了原则、策略、平衡、分寸等四个指导思想，那么，你就可以避免庸俗、危险、矛盾和伤害，无论在什么恶劣环境下都可以游刃有余了。

【向往实现人生价值】

人都希望自己尽快寻找到人生的目的和意义,最终实现自己的价值。然而,在人生的道路上,阻碍人们走向成功的,往往不是艰难困苦和自身条件的不足,而是一路走来有太多的诱惑。在这些诱惑的左右下,人可能会渐行渐远,最后偏离了自己所规划的方向,甚至迷失了自己。或者说一个人不成功是因为不会选择目标,去繁就简,去伪存真。立场很重要。

【逆境并不是坏事】

一个人难以前进,或许可以得到原谅;若是不知进退,那就是等于把自己推向灭亡的边缘。忍人之所不能忍,方能为人所不能为。这是审时度势、深谙进退的表现。人的一生中,总会遇到各种各样不尽如人意的事情,无论是来自自身,还是来自外因,使你郁闷不堪。明智的人,在面对挫折时,必然会忍辱负重,克服障碍,在逆境中求生存,以徐图发展。

## 【小人物也可成大事】

这个世界发展机会的确很多，但是芸芸众生中最后胜出的却只是一小部分，多数人注定要做小人物。接受了这个残酷的现实之后，我们会发现做一个小人物也不错。只要认清形势，严格评估自己的能力，顺应形势的变化和发展，时时把握机会，实现自我价值，那么，人生也是精彩的。尽管事业路上或生活之中五味俱全，只要过得充实、踏实，虽然不完美，它也有意义，一种只有自己亲身经历才能感悟的意义，这个时候，是否是小人物已经不重要了，因为自己获得了成长。

## 【低头与抬头】

人生先学会低头，日后才能有抬头的机会。低头练能力，哪怕是一技之长，练深了，可能就是你终生的财富。学历文凭不能与能力划等号，年轻人从学校里带出来的知识，未免单一、肤浅，无法适应现代社会突飞猛进的需要，因此，更需要锻炼各种能力如思维能力、创造能力、想象能力、适应能力等。把这个过程做完了，随之也就可以抬头了，否则，你只能是永远低头的命运。

## 【缩影】

一个家庭有如一个国家的缩影，它也需要管理。培养家庭成员良好的情绪至关重要，目的不是不许家人发脾气、闹情绪，而是要让每个人学会在什么时候可以哭，什么时候应当笑，如何哭，如何笑，把握度。拥有幸福家庭的人活得很轻松，因为他们从不放肆;发泄情绪时也不沦丧到情绪化,极端的情绪化容易造成人身攻击。只有保持沟通,相互礼让,才能保持永恒的和睦相处。

## 【福的定义】

传统的“五福”,一曰长寿,二曰富贵,三曰康宁,四曰有德,五曰善终。到了现代,人们对福有了新解:一个健康的身体,一份满意的工作,一位深爱你的爱人,一帮信赖你的朋友,足以幸福矣!也有人认为吃自己爱吃的饭,穿自己爱穿的衣,做自己爱做的事,去自己想去的地方,这就是幸福。幸福没有定义,因为没有人觉得满足,不幸福的渴望幸福,已幸福的期待更幸福。

【圆圈】

人们越来越热衷于智慧和智商，但是切勿疏忽智慧和智商的来源——知识。芝诺圆圈的悖论形象地说明知识就是一个圆圈，里面是你知道的东西，而圆圈外面却是你未知的领域。你知道的东西越多，圆圈就越大，而外面未知的领域也就越多。这个圆圈却又在无限放大，看你如何适从。别人未知，你先知，这就是智慧。唯有把知识之圆圈自然放大，对外部的世界认知越来越清晰，不致于困惑得多，醒悟得少。

# 诗词篇

## 沁园春·临海过年

临海风光，满街红灯，紫阳新貌。
看长城内外，游人际会；
灵江上下，红遍三桥。
柳梅新枝，含苞待放，举起手机摄影忙。
巾山塔，望东湖、灵湖，相映妖娆！

岂料疫情重出，忆上年封城经验多。
我人民大众，响应号召；
口罩绿码，牛年奔跑！
2021，就地过年，新冠逆袭不恐慌。
曾记否？去年全封城，今年大好。

## 临江仙·党代会

日前冰霜还夹雪，今日消融如血。
春满大地看盛会。
斧头镰刀赤，奋斗从未息。
改革开放四十年，更需持续发展。
国际舞台皆瞩目。
举觞祝英雄，还看新五年。

## 五言绝句·五月

四月看无也，芳香时可嗟。
整装奔五月，风雨更摧花。

## 五绝·清明节

桃红复含雨，柳绿展丝绦；
春眠不觉晓，清明原已到。

## 五言绝句·书与画

拙作沈周画，凝思向余霞。
风华尚正茂，自诩也潇洒！

## 五律·临海之春

清晨看朝霞，晚听灵江流。
临海长城矗，巾山塔影露。
紫阳街头酷，崇和广场靓。
东湖灵湖漪，柳眼梅腮扬！

## 五言绝句·重游

樱花东篱下，抬头见武大。
东湖奇迹变，同窗有气场。

## 如梦令·初春

靖江花城碧窗推，远山渐绿春已回。
天蓝云澈妒早梅。
嫉花开。
草长莺飞似临海。

## 七绝·临海元霄节

十四夜里鞭炮响，十五元霄更嚣张。
满街玉兰怒绽放，临海人民喜气扬！

## 菩萨蛮·祝贺两会

正月十一红旗展，礼堂庄重两会开。
口罩加绿码，疾控仍需强。
代表二三百，推进十四五。
举觞祝盛会，更看新五年！

## 七律·临海之春

初五顿觉春来处，就地过年有灵湖；
巾山还有长城矗，且听灵江潮水流。
桃花如霰晓莺啼，谁家有燕啄春泥？
游罢灵湖游东湖，欣欣向荣喜气多。

## 五言绝句·低调

一览众山小，自以己最高。
且看珠峰矗，方知读书少。

## 五言绝句·气象

春雨绵三天，今朝东方红。
口罩绿码备，临海过新年！

## 沁园春·临海

括苍风光，疑似冰封，实乃雪飘。
少壮能几时，华发已苍；
灵江上下，不失滔滔。
巾山塔影，鹰迁银泰，中华大地试比高。
怅寥廓，看临海风貌，分外妖娆。

曾携故友重游，忆往昔峥嵘岁月稠。
恰临海大少，风华正茂；
年轻有为，挥斥方遒。
2021，更须努力，握紧方向竞折腰。
曾记否？新冠、利奇马，唯我独鳌！

## 七律·北京之秋

故宫银杏角楼映，秋景频频冲上墙。
赏尽斑斓日山色，山峦沟壑墨可扬。
自古逢秋悲寂寥，吾言秋日胜春朝，
亦秋亦春君须知，最是长城气自豪！

## 七律·秋月临海

秋月秋日秋风起，灵湖沿岸骤寒意。
早晚有露要加衣，秋衣秋裤添几许？
灵江潮水又涨起，潮退潮涌不稀奇。
晚霞巾山照塔影，跑道原是防洪堤。

## 菩萨蛮·双节

文明城市检查毕，恰逢中秋国庆节！
水底有明月，水上明月溢。
灵湖新气象，巾山塔影斜。
揽胜门楼矗，苍茫云海间。

## 七律·端午节

五月骄阳有似火，中华民族庆端午。
屈原冤屈写《离骚》，传颂今朝世界无！

## 五言绝句·晨曦

忽闻鸟啼声，原来已黎明。
即忙洗漱毕，江滨跑道行。

## 七律·颂临海

一唱雄鸡天下白，黎明即起听犬吠。
疫情其实仍未过，夜市地摊重兴起。
遥看长城巾山影，桃诸城墙也呼应。
一片祥和新气象，谁说临海不美丽？

## 五言绝句·六一儿童节

莫欺少年穷，儿童也会冲。
未来接班人，回首看前功！

## 五言绝句·母亲节

兹鸟思反哺，百善孝为先。
天下母亲心，女儿可记乎？！

## 七绝·五四精神

青春磨砺多出彩,人生奋斗再升华。
昔日五四青年节,今朝世界唯华厦。

## 七律·英雄武汉

江汉关上钟声响,长江沿岸灯火亮。
廿五公里璀璨秀,四月八日汽笛扬。
沉寂武汉今归来,工商百业重启航。
九省通衢全解封,边看樱花边举觞!

## 七绝·赞武汉

四月八日是归期,工商百业重兴起。
关注武汉是国依,全国人民皆欢喜。

## 七律·颂临海

巾山塔影临斜西,遥看长城云脚低。
莺莺细语争树栖,谁家有燕啄春泥。
防控疫情即扫尾,游罢东湖灵湖嬉。
中国力量世无比,央视亦播临海奇。

### 七律·颂武汉

新冠疫情已告罄，开通高铁武汉行。
众志成城多伟大，此生无悔入华夏。
坚定信念终有果，白衣执甲走天下。
人民战争全球学，更看武大开樱花。

### 五言绝句·樱花

疫情袭武大，母校倍凄凉。
天意君须知，校园有樱花！

### 七绝·未来

昨夜“米娜”悄声遁，今朝政民自欢庆。
国庆余欢今尚在，笑迎未来更强盛！

### 五言绝句·思量

地瘦栽松柏，家贫子读书。
年少不努力，长大有代价。

## 七绝·游临海

夕阳西下兀自游，岁月蹉跎我自由。
巾山塔影今犹在，遥看长城亦规模。

## 七律·母校

樱花虽谢亦母校，国立武大排三号；
东湖水域群楼叠，遥看同窗气自昴。

## 菩萨蛮·春分

赤橙黄绿青蓝紫，柴米油盐酱醋茶；
雨后复斜阳，彩虹艳阳天。
生命犹不息，起伏又何妨？
泥泞与荆棘，志坚难阻挡！

## 七绝·忆

巾山细雨灵江湖，揽胜门前未破晓。
直至来临无建树，且看契友更妖娆。